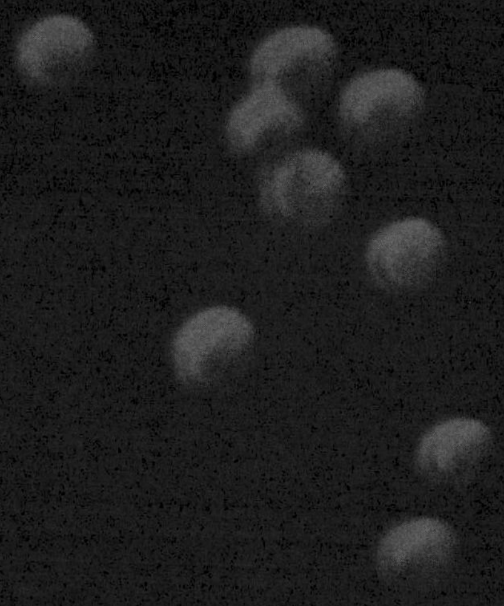

紅的組曲

土屋隆夫 著／張秋明 譯／傅博 總導讀／詹宏志、楊永良 全力推薦

千草檢察官系列

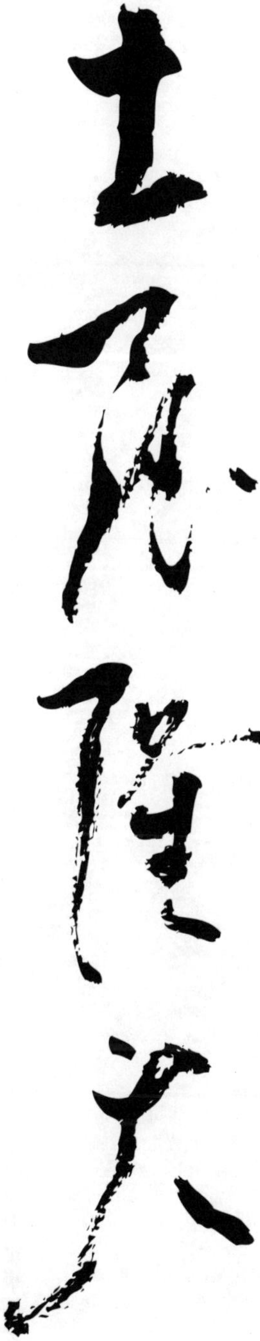

土屋隆夫親筆簽名

土屋隆夫｜攝於 1985 年 3 月，光文社提供。

土屋
TSUCHIYA TAKAO
隆夫
推理小說
作品集
05

Contents

孤高寡作的解謎推理大師・土屋隆夫

傅博

日本推理小說的源流

第二次世界大戰前的日本推理小說的主流是非解謎為主題的「變格探偵小說」(在日本偵探稱為探偵)。「變格」的對義語是「本格」，都是日本獨有的造語。「本格」的原義是「具全原來的格式」，而含有非正規成分的事象都稱為「變格」。

當時，還沒有「推理小說」這個文學專有名詞。凡是偵探登場解謎的小說，以及非現實性內容，而具怪奇、幻想、耽美之要素的小說都稱為「探偵小說」，此一專有名詞翻譯自英國稱柯南道爾所發表的「福爾摩斯探案」系列這類小說為Detective story。

由此可知，在英國是指記述具有謎團的事件發生後，由偵探的合理推理，而解謎破案之經過為主題的小說稱為偵探小說。

但是在日本，一九二三年江戶川亂步發表處女作〈兩毛銅幣〉，尊定日本推理小說的基礎後，很多人嘗試這類新大眾文學的創作。因為人人各具不同個性、不同思想、不同才華，其表達形式和作品內容自然有異，也就是說，新人作家的作品，各具其特色，但是符合偵探小說創作要件的並非全部。

當時，唯一刊載推理小說的雜誌是《新青年》月刊，這些非正統偵探小說，只是故事新穎、內容有趣，該刊即給與發表機會。月增年盛，後來居上的情況下，成為一大洪流。對於偵探小說的本質與定義的這個問題，曾經引起廣泛的討論。結論是，凡是具有偵探登場的推理解謎的小說稱為「本格探偵小說」，而非現實性的怪奇、幻想、耽美等為主題的小說，合稱為「變格探偵小說」。

這種偵探小說二分法，一直沿用到一九六〇年代。

一九五七年，松本清張出版《點與線》和《眼之壁》，仁木悅子發表《貓老早知情》之後，「推理小說」才取代了「探偵小說」這專有名詞。

推理小說原來有兩種涵義，第一種涵義是，以寫實手法撰寫的偵探小說，作品本身不帶「社會批評」的色彩，如仁木悅子的作品。第二種涵義是，同樣以寫實手法，記述社會矛盾而發生的事件之經過與收場，並重視犯案動機的小說，作品本身就是社會批評，如松本清張的作品，所以這一類又稱為社會派推理小說，簡稱社會派。

也就是說，推理小說與社會派推理小說原來是不相同的，但是，後來兩者劃上了等號。本文主旨不在探討此問題，不詳述其經過與作品內容的演變。話說回來，第二次世界大戰爆發的一九三九年，日本政府認為偵探小說是「敵性文學」，全面封殺、禁止創作、發表、出版。大戰終結後，偵探小說的文藝復興之機運到來。終戰翌年的一九四六年四月，橫溝正史率先在新創刊的偵探雜誌《寶石》月刊，開始連載「金田一耕助探案」系列第一篇《本陣殺人事件》，而五月又在三月間創刊的偵探雜誌《LOCK》月刊，開始連載戰前所塑造的名探「由利麟太郎探案」系列之《蝴蝶殺人事件》。

這兩部長篇都是戰前罕見的純粹解謎為主題的本格偵探小說。尤其是前者，其和式建築的密室殺人設計之發明與成功，成為一股力量，令三九年之後，不能不改寫非偵探小說的作家重獲信心，回到推理創作園地，並且還使一群年輕人加入推理創作陣營。

推理小說復興後的主流是本格。如「戰後五人男」中，除了撰寫秘境冒險小說的香山滋和文學派的大坪砂男兩位，島田一男、山田風太郎以及高木彬光三位，都是從解謎推理小說出發的。

日本推理小說史上，戰後期是指一九四五至五六年的十二年。戰後五人男的「戰後」，實際上是指大戰結束後第三年的一九四七年。這年發表處女作而登上推理文壇的新人不少，最具創作成就的即是他們五位。他們與兩年後的四九年登龍的鮎川哲也、日影丈吉、土屋隆夫三位，就是戰後派的代表作家。

鮎川哲也與土屋隆夫屬於本格派，一生只撰寫解謎推理小說，日影丈吉雖然是文學派，其長篇都是解謎推理。這三位戰後第二期作家的共同特色是孤高寡作，頗受讀者愛戴。

但是他們在推理文壇確立作家地位，與戰後五人男相較，晚了數年，須待到一九五七年以後。原因除了作家本身的作品不多之外，一九五〇年以後，混亂的戰後社會漸漸回復秩序，不正常的出版社林立，也須時代考驗，不適合生存的即被淘汰，減少大半，作家發表作品的機會，自然也受到影響，推理作家也不能例外。如四六至四七年間新創刊的推理雜誌就有十二種，五〇年以後只剩《寶石》與通俗推理雜誌《妖奇》兩種，由此可知當時出版界情況。

今年時值終戰六十周年，八位戰後派，現在只剩土屋隆夫一人繼續寫作生涯外，其他七位都已逝世了。土屋於去年（二〇〇四）二月，年滿八十七歲時還出版了第十三部長篇《著魔》呢！

土屋隆夫的推理文學世界

土屋隆夫於一九一七年一月二十五日生於長野縣。中央大學法學部卒業後，在三輪肥皂公司上班，之後轉職影片配級公司宣傳部，業餘撰寫劇本。戰後歸鄉（信州立科町）最初在小劇場當經理，四七年任教蘆田中學，業餘仍然繼續寫劇本，選擇推理創作為終身職業前的土屋是演劇青年，其作品曾經獲得信濃每日新聞社腳本獎。這段時期所創作的劇本有三十餘篇。

一九四九年，對土屋隆夫而言，是生涯中最大的轉捩年。事因是：

江戶川亂步有一篇很有名的評論，題為〈一名芭蕉的問題〉，芭蕉不是水果名，是日本傳統定型短詩的俳句文學大師（一六四四～一六九四年），他是將當時庶民遊戲詩（俳句）的品質提升到文學境界的俳句革命者。（同樣是傳統定型詩的短歌，又稱和歌，是當時的貴族文學）。

這篇是江戶川為第二次偵探小說藝術論論戰而寫的評論。第一次論戰在一九三六～一九三七年間，本格派甲賀三郎與文學派木木高太郎是事主，參與論戰的作家、評論家不在少數，各說各話沒有結論。終戰後，木木重新主張偵探小說可成為最高藝術（本文篇幅有限，不能詳述兩次論戰的內容與經過），因此江戶川亂步針對這問題提出見解，同時也表達了自己的推理小說觀。

此文主旨為，推理小說如果出現芭蕉級大師來改革，推理小說的品質自然而然會成為藝術；不必紙上談兵，期待這樣大作家的登場，並鼓勵木木去做芭蕉的工作。事後，土屋隆夫讀了這篇評論，決心放棄劇本創作，撰寫推理小說。

於是一九四九年，土屋把推理小說處女作〈「罪孽深重的死」之構圖〉投稿四月舉辦的「《寶石》百萬圓懸賞比賽」，十二月獲得C級第一名。這次為《寶石》創刊三周年而舉辦的紀念徵文，可以說是日本推理小說史上最盛大的一次。向讀者簡介如下：

《寶石》於一九四六年四月創刊後，即舉辦短篇推理小說徵文，當年十二月便發表七名不分等級的入選者。上述的香山滋、山田風太郎、島田一男三位就是這次的入選者。（第二、三屆沒有得獎者）。這次比賽是第四屆，與以往不同之處是分為A級（長篇）、B級（中篇）、C級（短篇）三種。得獎者一共有十四位（作品十五篇）。土屋之外，鮎川哲也（長篇第一名）與日影丈吉（短篇第二名）都是這次得獎者，可見這次徵文是成功的。

在日本，不只是推理作家，大多數小說家默默地創作，始終只向讀者提供其作品，不發表自我的文學觀。但是，土屋隆夫卻不同，是一位稀有的、樂以公開自我推理小說觀的小說家。他在〈私論・推理小說是什麼？〉（一九七二年二月，發表於《現代推理小說大系第十卷》）一文的冒頭說：

「想要研究一位作家的話，首先要閱讀他的處女作。因為裡面隱藏著想要知道他的重要關鍵。他，第一次站在出發地點時的姿勢，與其後跑完全程時，並沒有多大變化。」

這意謂處女作是該作家的原點，古今中外，雖有少數例外，很多作家以身作則證明過了，不必多言。那麼土屋隆夫的出發點〈「罪孽深重的死」之構圖〉，與之後五十多年的作品關係如何呢？

湯本智子是孤兒，大戰中喪失母親和弟弟。之後寄居在伯父泉弘人家裡。弘人是畫家，三個月前妻子道江突然服毒自殺，沒留下遺書，死前只說「我的自殺是罪孽深重的死」，由此，被認定是自殺。而八天前，弘人留下一幅題為「罪孽深重的死」之繪畫而自殺。其自殺現場與「罪孽深重的死」的構圖很類似。

這天早上八點半，湯本智子來訪伯父的友人美術評論家相原俊雄。故事是從智子的訪問寫起，全篇以第三人稱單視點記述，上述的故事分為六章節，奇數節由作者說明故事、偶數節由智子與相原的對談形式進行。故事不複雜……如果再寫下去，恐會揭開謎團，只可以說全篇是針對上述兩起自殺事件的推理、解謎，最後作者還替讀者準備了意外收場。

從故事主題而論，是一篇結構很精緻的解謎推理小說。誠如作者在其處女長篇《天狗面具》裡所揭櫫的偵探小說論：「簡單說，偵探小說是除算的文學。其實，把很多謎團除以名偵探推理後，其結果不可有任何餘數。」亦即十分著名的「事件÷推理＝解決」公式。

另從故事的包裝而論，它不具當時之本格派的浪漫性與怪奇性。是一篇寫實、樸素，具文學氣息的作品。

九年後，土屋隆夫才獲得出版處女長篇《天狗面具》的機會，這段時間，總共發表三十三篇解謎推理短篇，平均兩年發表七篇。在日本，這樣的創作量不止在推理文壇，就連在大眾文學文壇而言，都算是非常寡作，但是每篇均是水準之作。

寡作之外，加上五十多年來一直居住在信州農村，過著名副其實的「晴耕雨寫」的生活，與東京文壇不往來的不同流俗的孤高性格，獲得多數推理小說迷的肯定，推崇為解謎推理大師。

二〇〇一年，土屋隆夫獲得光文Scheherazade文化財團主辦的第五屆日本推理文學大獎，此獎是日本推理文壇唯一的功勞獎，贈與對日本推理文學有貢獻的作家或評論家。由此，也可知土屋隆夫在推理文壇的地位。

這次筆者為了撰寫本文，重新仔細閱讀了〈「罪孽深重的死」之構圖〉後，按其出版順序，讀了土屋隆夫五十多年來所創作的十三部長篇推理小說。重新發現「土屋推理文學」自處女作以來，一直由兩大要素構成作品。

第一就是：事件除以推理等於沒有剩餘的解決之謎團設計。

第二就是：以寫實形式包裝故事，使虛構的故事具現實感和文學氣息。

這兩大要素的成分比例，雖然每篇作品有異，但是越後期的作品，文學氣息濃厚是不能否認的事實。

揭開「土屋隆夫推理小說作品集」的真面貌

這次，土屋隆夫授權商周出版，在台灣發行中文版「土屋隆夫推理小說作品集」全套十三部。按作者的發表順序簡介如次（括弧內是解說執筆者的姓名）：

1.《天狗面具》，一九五八年六月出版。以戰後的封建農村（牛伏村）為背景，地方選舉勾結偽宗教而發生的連續殺人事件為主題的不可能犯罪型推理的傑作。是一篇值得肯定的社會派推理小說的先驅作品。（橫井司）

2.《天國太遠了》，一九五九年一月出版。十八歲的少女，留下一首正在社會上流行的厭世歌謠〈天國太遠了〉的歌詞而死亡。自殺抑是他殺？厭世歌詞暗示什麼？事件背後的動機又是什麼？不在犯罪現場型的社會派推理小說。（村上貴史）

3.《危險的童話》，一九六一年五月出版。假釋出獄的青年，在女鋼琴老師家裡被殺，兇器從犯罪現場消失，投書給當局的明信片上的指紋意味著什麼？童話詩的故事暗示什麼？不可能犯罪型解謎推理小說。土屋隆夫的代表作。（小椰治宣）

4.《影子的告發》，一九六三年一月出版。百貨公司的電梯上升到七樓，最後的男乘客突然說了一句「那個女人……在……」而倒地死亡。在三樓參觀書道展的千草檢察官被捲進事件。不在犯罪現場型解謎推理小說，土屋隆夫的代表作，日本推理作家協會獎得獎

作。千草檢察官系列的首作。（山前讓）

5.《紅的組曲》，一九六六年十二月出版。桌布上三個0的血字、在溫泉旅館發現的紅色睡衣以及紅色封面的日記本等，一連串的紅色之謎對連續殺人事件有什麼暗示？不在犯罪現場型解謎推理小說。千草檢察官系列的第二部作品（大野由美子）。

6.《針的誘惑》，一九七〇年十月出版。幼兒被綁票，母親帶贖金到嫌犯所指定的現場，卻在眾人的監視下被刺殺，沒人目睹兇手。綁票小說的懸疑加準密室殺人的不可能犯罪型解謎推理的傑作。千草檢察官系列的第三部作品。（吉野仁）

7.《獻給妻子的犯罪》，一九七二年四月出版。因車禍失去性功能的我，在打惡作劇電話時，被捲進犯罪事件。由於好奇心，我積極參與解謎。作者從本篇起，作風丕變，本篇的基底雖是解謎，卻摻入冷硬、懸疑、犯罪等推理小說子領域的諸多要素，文學氣氛很濃厚。（新保博久）

8.《盲目的烏鴉》，一九八〇年九月出版。以短篇〈泥土的文學碑〉為底本改寫的文學性濃厚的長篇。一名評論家在小諸車站消失，數日後，在千曲川河邊發現其上衣、小指以及寫有「烏鴉」的紙片。又，劇作家在東京的咖啡館說了「白色烏鴉」而死亡。兩件與烏鴉有關的事件，是否有關聯。千草檢察官系列的第四部作品。（千街晶之）

9.《不安的初啼》，一九八九年十月出版。在製藥公司董事長宅的庭園，女傭被姦殺。兇手是醫科大學教授。有名譽又有地位的教授，為什麼做出這種沒廉恥的事件呢？動機的解析是本篇的主題。千草檢察官系列之異色而最後一部作品。（山前讓）

10.《華麗的喪服》，一九九六年六月出版。全書記述一個帶著四歲女孩被綁票的少婦，與綁票兇手如何一起逃亡。謎團是這名年輕人為何須要綁架這名少婦，也是一篇很難分類的愛情、懸疑、犯罪的混合型小說。（權田萬治）

11.《米樂的囚犯》，一九九九年七月出版。推理作家被大學時代當家庭教師時的女學生綁架監禁。監禁期間，作家的徒弟被殺。學生為何監禁老師，監禁事件與殺人事件是否有關聯。是一篇探討犯案動機的解謎推理小說傑作。（鄉原宏）

12.《惡聖女》，二〇〇二年三月出版。內容與架構都非常異常。土屋隆夫在本篇以說故事的身分出現。他從一名有三個乳房的「惡聖女」聽來的奇怪犯罪生涯，除了用小說的形式記述之外，還在故事裡露面講評事件。（末國善己）

13.《著魔》，二〇〇四年四月出版。土屋隆夫發表處女作〈「罪孽深重的死」之構圖〉以來，已歷經五十六年，這第十三部長篇，總之是回到長篇的原點了。《天狗面具》的牛伏村，又發生連續殺人事件，這次的偵探是當年的土田巡查，但是他已升官為警部，職位是刑事課長。這樣的故事設計，容易引起讀者的鄉愁。是一部文學性加不在犯罪現場型解謎的推理傑作。（未定）

這十三篇導讀，由當今推理文壇最活躍的評論家分別執筆。筆者相信台灣讀者，可由此獲得很多啟示，不管創作或閱讀皆然。希望讀者珍惜這次難得機會，好好地來閱讀這套「土屋隆夫推理小說作品集」。

二〇〇五・六・六

本文作者簡介——傅博

文藝評論家。另有筆名島崎博、黃淮。一九三三年出生，台南市人。於早稻田大學研究所專攻金融經濟。在日二十五年以島崎博之名撰寫作家書誌、文化時評等。曾任推理雜誌《幻影城》總編輯。一九七九年底回台定居。主編《日本十大推理名著全集》、《日本推理名著大展》、《日本名探推理系列》以及日本文學選集（合計四十冊，希代出版）。

推薦序

小說的推理　推理的小說

楊永良

前景

「推理小說即詐術的文學。」——土屋隆夫

在魔術師面前的美女為何突然凌空漂浮起來呢？放進玻璃杯內的硬幣為何消失了呢？為什麼魔術師能夠猜中撲克牌呢？高木重朗在《魔術心理學》中指出人類心理的漏電現象，越是告訴自己不願掉進陷阱，反而就越掉進陷阱。人的心理充滿了錯覺與先入為主的觀念，因此容易受到誤導。

以最簡單的魔術來說，譬如夜市馬路邊的一個老人，他讓小紙團在空中飛舞，照著他的只是一盞小小的燈泡。若將謎底拆穿，其實，讓紙團飛舞的道具是黑色的尼龍絲，要讓尼龍絲不被看到，適度的黑暗是必要的。黑暗不僅讓人看不到尼龍絲，而且減弱了人的理性。但是，人總是會懷疑黑暗的，所以魔術師不能將燈光調得太暗。

如果魔術師只有這樣還不能當魔術師。魔術師知道人會懷疑黑暗，因此他在桌上擺一盞檯燈，打開開關後，燈亮了。接著，他將燈泡轉離燈檯，但是燈泡卻依然亮著，而且還能在空中飛來飛去。魔術師知道你懷疑黑暗，所以他故意使用點亮的燈泡當道具。

高木重朗說，推理作家江戶川亂步的小說中不但經常出現魔術，而且他也經常邀請魔術師（包括高木重朗）到推理作家協會去表演。所以推理小說家其實就是小說的魔術師。

近景

有的推理小說看完了就不想再看。但是有的推理小說卻散發出文高貴的文學氣息，讓人徜徉在文學的森林當中。二、三年前，有一個日本作家在讀賣新聞的青少年版中向青少年大力推薦土屋隆夫的推理小說。他說他在中學時，每看完一本土屋隆夫的小說，就會期待下一本趕快出版。但是我們知道，土屋隆夫算是一個慢工出細活的少產作家。而且他是目前日本「本格推理小說」界的代表。他曾說過：「本格推理小說就是推理小說中的楷書。」這句話有多方面的含意，我們先從本格推理小說談起。

「本格推理小說」一詞，大部分的台灣文壇皆直接引用，或翻譯成「傳統推理小說」，但是我認為應該譯成「正統推理小說」較為適當。因為日語「本格」的原意是「正式」，或可引申為相對於旁門左道的「正統」。

土屋隆夫說：「偵探小說就是除法的文學。」也就是「事件」除以「推理」等於「解決」。這句話的真意就是，作家在小說中的種種佈局、伏筆、懸疑，在解開謎底之後，必須全部解決得一乾二淨，不能留下絲毫的矛盾或疑團，而且不能讓讀者想出更佳的解謎方式。這就是「本格推理小說」。

遠景

再回到「本格推理小說就是推理小說中的楷書。」一語。土屋隆夫認為，現在很多推理小說家寫作態度不夠嚴謹，就如同楷書還沒寫好就先寫行書或草書。我並非書法家，不知道楷書與草書之間的關係。但是有一件事是可以確定的——寫楷書不但較費時間，而且一個不懂書法的人也可以判別楷書作品的優劣。

雖然土屋隆夫一再強調本格小說才是推理小說的正統，但是他也主張，所謂推理小說，除了要有「推理」的部分，也要有「小說」的部分，而且在他的眼中，推理小說是小說中的一個範疇。也就是說，要成為一篇好的推理小說，也一定要是好的文學作品。

土屋隆夫有一篇文章探討江戶川亂步所寫的〈一名芭蕉的問題〉。亂步在文章中寫出，芭蕉之所以被稱為詩聖，那是因為他將原本是市井小民戲謔寫作的「俳諧」，提升到崇高無比的藝術境界，甚至達到了哲學的層次。江戶川亂步既期待又感嘆地說，推理小說家中究竟有誰能成為推理小說界中的芭蕉呢？土屋隆夫說：「江戶川亂步始終在通俗的作品與崇高的藝術兩邊痛苦地徘徊。」我們不知道土屋隆夫是否也有同樣的心境，但是我們看他的小說，絕對不僅僅是膚淺的解謎推理小說而已。

背景

土屋隆夫的長篇推理小說，從第一篇《天狗面具》到最近的一篇《著魔》，裡面有所謂的本格推理小說，也有幾乎與一般小說無異的《聖惡女》。

小說中有人物，有情節。推理小說要吸引人，通常都會出現帥哥美女，或是有神通的超級大偵探。但是土屋隆夫的小說中的人物，都和我們身邊的人物沒有兩樣。這或許和他對生活的態度有關，他的職業欄上寫的並不是「作家」，而是「務農」。這種晴耕雨讀的生活，無疑的，對他的小說的基調會有絕對的影響。

小說要吸引人讀下去，即使是最嚴肅的小說，基本上要有懸疑性，也就是說要讓人想知道情節究竟怎麼發展？而推理小說就是將這懸疑性發展到最高點的小說。

雖然土屋隆夫強調本格推理小說，但是其實他的推理小說非常注重動機的部分，這動機也就是犯人的心理背景。在他縝密地分析犯人的深層心理之後，作品的深度自然就增加了。另一方面，他並不主張社會推理小說，但是他的作品卻非常具有社會性。我們看了他的小說，總會感受到生命或生活中極為深沈的黑暗部分。

全景

土屋隆夫自己說過，要了解一位作家，最好熟讀他的第一篇作品。而且他又說，作家好像是在圓周上的孤獨跑者，從處女作品出發，最後再回到了處女作品。不過，作為今日推理小說界的大將，他的作品雖然讀者各有所好，但幾乎都是讓人不忍釋手的作品。

要了解土屋隆夫推理小說的全景，最好還是看完他的全集吧。

本文作者簡介——楊永良

一九五一年出生，專攻日本學，日本明治大學法學博士，現任國立交通大學通識教育中心教授。曾任交通大學通識教育中心主任、中國文化大學日本研究所所長，台灣日本語文學會會長。近作《日本文化史——日本文化的光與影》（語橋出版社）。

尋訪土屋隆夫

詹宏志推理文學行旅

經過長達兩年的交涉，和日方出版社光文社多次的會議與拍攝景點實地勘景之後，商周出版社終於完成了臺灣推理小說出版史上，首次以影像呈現「尋訪日本本格推理小說大師土屋隆夫以及作品舞臺背景」的創舉，由詹宏志先生帶領讀者進入土屋隆夫堅守本格推理創作五十年的輝煌歷程，親炙一代巨匠的典範風采。

（詹宏志先生〔以下簡稱詹〕訪問土屋隆夫先生〔以下簡稱土屋〕，敬稱略。）

詹：土屋先生，在西方和日本像您這樣創作不斷卻又寡作，寡作卻又部部作品皆精的推理小說家，非常罕見。在寫推理小說之前，您讀過哪些本國或是西方的推理小說？有哪些作家、作品是您喜愛的？您覺得自己曾經受哪些作家影響？

土屋：我沒有特別受到其他作家和作品的影響。我記得三歲的時候，家裡的大人就已經教我平假名了。當時日本的書籍或報紙，只要是艱深的漢字旁邊都有平假名，我就這樣漸漸學會難懂的漢字。等於我三歲開始學識字，五歲就會看女性雜誌了（笑）。上小學時——日本是七歲上小學——我就已經開始看大人的作品，也就是很少會標注平假名的書。我大量地看書。一開始，我看時代小說，這類作品看了很多。後來唸中學、大學的時候，因為沒有閒錢也不能四處遊玩，便去東京一個叫神保町的地方，那裡有很多舊書店，堆滿了許多便宜的舊書，我買了很多書看。我從那些書裡讀到了喬治．西默農的作品，他的作品深深感動了我。到那時為止的所謂偵探小說，都是老套陳腐的名偵探與犯人對決的故事，西默農的作品則截然不同，令我非常感動。我想如果我也能寫這樣的東西該有多好。日本從前的偵探小說總是用很突兀離奇的謎團、詭計，解謎是偵探小說的第一目標。然而西默農卻更關注人的心理活動，即使不以解謎為主，也可以寫成偵探小說。我感受到他的這種特色，而且也想嘗試看看。

畢業之後，正值日本就業困難之際，謀職不易。無論如何，我想應該得先找到工作，總得糊口，所以我進了一家化妝品公司上班。日本有個叫歌舞伎座的劇場，會上演一些舊的歌舞伎戲碼，那家化妝品公司和歌舞伎座合作宣傳，招攬觀眾入場。因此我當時的工作就是看歌舞伎表演，本來要花錢看的歌舞伎，對我而言卻是工作。看著看著，我覺得寫劇本也許很有意思。當時有一個叫松竹的演劇公司專門演出歌舞伎，他們有一個讓業餘人士參加的劇本選拔企劃。我一天到晚都在看歌舞伎，覺得自己應該也能寫劇本，因而投稿，結果稿子入選了。所以我覺得或許能靠寫歌舞伎劇本為生。此後我真正努力的目標，應該就是劇本的創作了。

正當我學習創作劇本時，戰爭爆發了，這時哪還輪得到寫劇本呢！我也曾被徵召入伍，當時和我同齡的夥伴，有百分之八十以上都死了吧。只有我還這麼活著，好像有點對不起他們。

我回到農村以後，沒別的事情可作。我父親曾是學校的老師，但當時已經去世了，只剩下我母親，我們生活很困苦，因為那是什麼工作也沒有的時代。所以當時就有了黑市，例如買來便宜的米再高價賣出，便能賺很多錢。有個從黑市賺了很多錢的暴發戶建了一個劇場，雖然劇場建好了，他可是一點都不知道如何才能從東京將明星請來。而我曾經在東京的歌舞伎界工作，認識很多演員，所以他雇用我去邀請他們，於是我從東京請來演員在我們這裡的劇場表演。除了歌舞伎演員以外，我還請來話劇演員和流行歌手等等。我就以這個工作維持生計，但又覺得這也不是長久之計。

有一天我看到《寶石》[註1]雜誌刊登一則有獎徵文的啟事，徵求偵探小說，當時不叫推理小說，而叫偵探小說。我以前就想寫時代小說、偵探小說和劇本，只要是在稿紙上寫字就能賺到錢的話，我什麼都能寫。我想起讀西默農作品時的一些想法，因此寫了篇偵探小說參加比賽。我當時的投稿作品便是〈「罪孽深重的死」之構圖〉，是一篇短篇，並且得了首獎。在那之後我便開始寫推理小說了，所以我並不是基於某個明確目的，不過是迫於生計而開始寫作的。對我而言，這是個輕鬆的工作，只要寫小說就能生活，天下沒有比這更輕鬆的工作了。總之，我並不是看了哪篇作品深受感動以後才寫作，它只是我維持生計的方式。不過在寫作的過程中，我看到了江戶川亂步先生的小說，他是日本著名的作家。

註[1]日本推理小說雜誌，自一九四六年四月創刊至一九六四年五月停刊為止，共發行二百五十期，是日本戰後推理小說復興的根據地。

他曾經在文章中提到：推理小說也可能成為優秀的文學作品。日本有俳句，即用十七個字寫出的世上最短的詩，松尾芭蕉在十七個字裡濃縮了世間萬象。如果能用芭蕉的智慧和匠心，說不定推理小說也有成為至高無上的文學作品的一天。我看了這段話深受感動，心想，那我就好好地寫推理小說吧！我就是這樣進入了推理小說的世界。

詹：您提到了喬治．西默農，他是用法文寫作的比利時作家，我覺得千草檢察官看起來有點西默農的味道，但是西默農七天寫一部小說，而您是十年才有兩部作品的作家，也有很多地方不一樣。我搜索記憶中的例子，覺得英國女作家約瑟芬．鐵伊（*Josephine Tey*）也許差可比擬。她從戰前一九二九年的《排隊的男人》（*The Man in the Queue*）寫到一九五二年的《歌唱的砂》（*The Singing Sands*）總共只有十一部小說（用時間和比例來看，您更是惜墨如金的少作了），數量不多，質量和成就卻很驚人。我特別感覺到，您和她的作品都在本格的推理解謎中帶有濃郁的文學氣息。先生曾經讀過鐵伊的作品嗎？

土屋：嗯，讀過。但是現在不太記得了，不過我想我應該讀過《時間的女兒》。不過我基本上沒有受到外國作品的影響。

詹：日本推理小說的興盛是在大戰之後，距西方推理小說的黃金時代已有半個世紀。西方的黃金時代是自十九世紀末就開始的。那麼推理小說的形式、技巧、特別有意思的詭計設計，或社會現象的發掘，西方作家已經做得非常非常多，幾乎開發殆盡。而日本的推理小說，不管是本格派還是社會派，您認為它是如何在這種已經遠遠落後的局面中，發展出它獨具特色的推理小說？如今在全世界的推理小說發展中，日本是最有力量的國家之一，不僅擁有國內的讀者，在國際上也有獨特的地位。您覺得日本推理小說和西方推理小說有什麼不一樣的地方嗎？

土屋：很多人都說我是本格派作家。本格派是以解謎為中心，那麼，詭計是不是會用盡？很多人都寫過密室殺人，已經沒有新意了。那麼，本格派就已經沒有市場，沒有新東西了，也就是說，本格派推理小說要從這個世界消失了。這樣的說法，從幾十年以前就出現了。以前日本有一本叫《新青年》註[1]雜誌，是一本以偵探小說為主的雜誌。每年都有人在上面寫：偵探小說就要沒了！偵探小說就要消失了！可是，偵探小說從來沒有消失，它流傳至今，並源源不絕。為什麼？以我自己的作品為例，我獨創了幾種詭計放在小說裡，都是沒有人使用過的。也就是說我一個人就能設計出詭計，而日本有一億幾千萬的人口，大家都來寫推理小說的話，就會有一億幾千萬個詭計。所以我一直認為詭計不會絕跡，因為人的思考能力是無限的。不肯思考的人會覺得沒得寫了，肯思考的人就會覺得無邊無際。我對推理小說充滿期望，還有很多嶄新的詭計尚未被使用呢！

詹：剛才先生提到寫作的起源時，說到您在劇場對創作劇本也很有興趣。現在在新版的文庫版註[2]裡，也有您寫的推理獨幕劇。既然您這個興趣由來已久，為什麼在戲劇上的發展這麼少呢？

註[1]日本雜誌名，自一九二〇年一月起至一九五〇年七月停刊為止，共發行四百期，是日本戰前偵探小說的重要根據地。
註[2]日本光文社的新版紀念版本，共九本。

土屋：我寫過電視劇，以前曾經幫NHK寫過三十七、八個劇本呢！但是我現在住在鄉下，沒有辦法多寫戲劇，因為沒有演員也沒有劇場。以前我也曾經在戲劇雜誌上發表劇本，但是未能上演，寫了卻不能演出的話，也就缺乏動力了。不過我也曾好好地寫過一陣子，在世界大戰剛結束時，東京著名的一些劇作家曾經因為疏散而住在我家附近，他們辦了戲劇雜誌，我也在上面發表了幾個劇本。但是沒有辦法在舞臺上演出，在這種鄉下只是寫寫劇本，然後在沒什麼名氣的戲劇雜誌發表的話，會消耗自己對戲劇的熱情。如果我一直在東京的話，就會堅持下去；但回到鄉下以後，沒有舞臺、演員、導演，我的熱情便漸漸冷卻了。但是，即使是現在，如果哪個一流的劇團找我寫劇本，我還是會寫的。

詹：您提到因為讀了江戶川亂步的文章而激起了創作推理的熱情，我也看過您在其他文章中談到，您曾經寫信給江戶川亂步，提出您對松本清張的評價，您也寫過追思亂步的文章。我很想知道您和江戶川亂步的私人友誼、交往的情況。而您今天又如何評價江戶川亂步在日本整個推理小說發展中的位置？

土屋：江戶川亂步先生在日本是非常受景仰的人物。他是非常博學廣聞的人，不光只是偵探小說而已，他什麼都懂，就像個大學教授一樣。我在參加《寶石》雜誌的小說比賽得獎之後，第一次接到江戶川先生的信。在那之後，雜誌因為經營不善幾乎面臨倒閉，江戶川先生自掏腰包付稿費給作者，自己當編輯，讓雜誌能夠存活。他的編輯工作包括向作者邀稿等等，他也曾寫了很多信給我。他是一個凡事親力親為的人，雖然身居高位、又是日本最大牌的推理作家，卻親筆寫信給我這個住在鄉下、默默無聞的小作者；而且每一封信都相當鄭重其事，我們就這樣持續著書信的往返。記得我寫出第一篇長篇小說後，因為住在鄉下，不認識出版社的人，也不知道哪裡能為我出書！那部作品就是《天狗面具》。因此我的朋友將這本書引介給他認識的出版社，就這麼出版了。可是我是一個無人知曉的作者，又是第一次出書，便覺得應該請一位名人替我寫序，為我的書作介紹。於是我便想拜託江戶川先生。雖然心想像江戶川先生這樣有名的人，怎麼可能替我的書寫序？但凡事總得試試，我便去拜託他，沒想到江戶川先生說：「好，什麼時候都行。」這是我第一次去東京見江戶川先生，他家在立教大學附近。見了面之後，我便拜託他為我作序。

不久之後，我寫了《影子的告發》，一樣是在《寶石》發表，這篇作品獲得日本推理作家協會獎。當時江戶川先生已相當病弱，但在協會獎的頒獎典禮上，他老人家還是出席，在台上親自頒獎給我。這就是他最後一次出席該獎的頒獎典禮了，之後，先生臥病在床，不久便仙逝了。總之，我與江戶川先生的交往，基本上是以書信為主。再微小的事情，只要問他，他總是認真回答。到目前為止，我從未見過像他那般卓越，卻又如此平易近人的人，對我來說他真像神一般地存在。不論問他任何小事，他都立即回信。這樣的大作家真是少見，真是位高人。

詹：千草檢察官是您創造的小說人物，可能也是日本推理小說史上最迷人的角色之一。他和眾多西方早期福爾摩斯式的神探很不一樣，既不是那種腦細胞快速旋轉的思考機器，也沒有很神奇的破案能力。他和您剛才提倡的西默農小說裏的馬戈探長有些類似，比較富於人性，是比較真實世界的人物，而且生活態度很從容。可是我覺得千草檢察官比馬戈探長更有鄉土味，像是鄰家的和善長者。他的技能只是敬業和專注，靠的是勤奮的基本線索整理，以及他的員警同事的奔走幫助。他注意細節，再加上點運氣，這是很真實的描寫。不像那種比真人還要大的英雄，這種設計有一種很迷人的氣質，甚至讓人想和他當朋友。西默農的馬戈探長是用七十部小說才塑造成功，而您則是用了五本小說便留下一個讓人難忘的角色。那麼，千草檢察官這個角色，在您的生活當中有真實的取材來源嗎？就好像柯南道爾寫福爾摩斯的時候，是以他的化學老師貝爾當藍本，千草檢察官是否有土屋先生自己的影子在裡面？您和千草檢察官相處這麼多年了，能否說一點您所認識的千草檢察官，談一下這個角色的特色。

土屋：千草檢察官在我的小說裡的角色是偵探，這個角色首次出現在《影子的告發》。日本作品中的偵探，往往都是非常天才的人物，看一眼現場，就能像神仙一樣地發現了什麼，然後又有驚人的推理能力──「啊，我知道誰是犯人了！」這就是從前的偵探小說。但我認為世上並不存在這樣的神探。尤其是我在日本，日本的偵探一般就是刑警和檢察官，特別是檢察官，他們一般都能指揮刑警，讓他們四處調查，他們有這樣的權限。在日本發生犯罪事件時，檢察官可以去各地調查，這是法律賦予他們的權限。我心想如果讓檢察官當小說主角的話，他就可以去任何地方調查，但是如果讓刑警當主角，例如長野縣的刑警就只能在縣內活動，如果要去縣外，就得申請取得許可，否則無法展開行動。而檢察官呢，法律賦予他權力，他可以四處調查，這樣的角色比較容易活用吧？這就是我以檢察官當主角的理由。從前日本書中的偵探都像神仙一般，我覺得很沒意思，還不如那種就在我們身邊，隨時可見，也能輕易開口和他攀談的普通人。但就算是這種普通人，只要認真地調查案件，也能逼近事件的真相。我就是想寫這樣的角色，不是那種神奇的名偵探，而是在家裡還會和太太吵吵嘴的普通人，我想要這樣的人來當主角，所以我創造了千草檢察官。正如您所說，他沒有任何名偵探的要素，只是一個普通的平凡人，這是我一開始就打算創造的人物。他能被大家接受和認同，我感到非常高興。這讓我知道原來在小說中也可以有這樣的偵探。

詹：我想再多問一點有關千草檢察官的同僚。例如大川探長、野本刑警，或是《天國太遠了》的久野刑警，也都是很真實、很低調的人物，都有很重的草根味，就像您說的，可能出門前還會跟太太吵架。像刑事野本，看起來好像是個一直在流汗的老粗，但是他又有很纖細敏感的神經，看到霧會變得像個詩人。他具有一種很有意思、很豐富而飽滿的角色設計。這個同僚也和西方的神探組合，即神探和他的助手這樣的對照組合不太一樣。神探好像總是超乎人類，而他的助手代表了平凡的我們，助手說的話，讀者讀來都很有道理，等到神探開口之後，才知道我們都是傻瓜。可是野本刑事和千草檢察官好像不是對照的方式，而是像剛才先生說的那種團隊的、分工的、拼圖的，他們用不同的方法尋找線索，慢慢地拼湊起來，整個設計不是要突出一個英雄。這真的和西方的設計很不一樣，您認為這是東西文化的差異嗎？東方的創作者才會創作出這樣的概念嗎？您可不可以多解釋一下像野本這樣的角色？

土屋：一般的作品都是要設計出福爾摩斯和華生這樣的組合，這也不錯。而我在創造了千草檢察官以後，就思索該由什麼人來擔任華生這個角色，考慮之後，便設計出野本刑事這個角色。我在作品中最花費力氣的部分是千草檢察官和野本刑事的對話。日本自古就有漫才[註1]這種表演，一個人說些一本正經的話，另一個人則在一旁插科打諢，敲邊鼓，逗觀眾笑，我想將它運用在小說中。當讀者看書看得有點累時，正好野本刑事跑出來，和千草檢察官開始漫才的對話，讀者不就覺得有趣了嗎？而就在這一來一往之中，也隱藏著逼近事件真相的線索，那就更加趣味盎然了吧！所以，那確實是在潛意識中想到福爾摩斯和華生而創造出來的兩個人物。

詹：那麼究竟有沒有原型呢？或是有自己的影子嗎？

土屋：呵呵，不、不，他們和我一點都不像的。

詹：先生在作品中常常會引用日本近代文學作品，很多詩句總是信手拈來的，您都是將這些作品融合並應用到推理小說之中，《盲目的烏鴉》就是如此。我在閱讀的時候可以感覺到先生對日本文學作品非常嫻熟和淵博，並且有很深的感情。這樣的文學修養在大眾小說的作家裡，其實是不多見的。您這麼喜歡純文學作品，為什麼選擇了接近大眾的推理小說的創作？您在大眾小說裡放這麼多純文學的詩句和典故，不擔心它變成廣大讀者閱讀上的困難嗎？

土屋：我從三、四歲起就開始讀書了，幾乎讀遍了日本的文學作品。像是有很多種版本的文學全集，三十本也好、四十本也好，我全都讀完了。因此我在寫作時，這些東西很自然地便浮現在腦海。哪位作家曾經這樣寫過，哪位詩人曾經寫到這種場面等等，很自然地便會想起從前讀過的內容。因此我認為，如果在我的作品裡引用一些作家的詞句，可以替自己的作品增色，就像是替自己的作品增添點色彩。所以我就借用那些作家的一些文字，或者稍微介紹別人的作品，我覺得這樣挺好的。總之，就是我對文學的熱愛自然流露在作品中吧。還有一點，我曾引用過作品的那些作家，幾乎都以自殺終結此生。例如大手拓次，他耳朵不好，一生都很悲慘，其他我引用過的作家也都以自殺作結。我喜歡自殺的作家。（笑）

詹：關於您在小說裡的一些情節設計，如果回頭看當時寫作的時間，就會發現那些正是當時很流行的話題。比如人工授精、血型等等，這個趣味的地方和使用純文學作品是很不一樣的方向，這又是怎麼回事？

土屋：那正是所謂的關注「現在」啊，我總不能寫脫離時代太久的東西。別的作家也是這樣吧。

詹：您用到這些題材的時候，是很新、很時髦的。

土屋：因為是寫「現在」，當然會這樣了。

詹：您曾經在《天國太遠了》（浪速書房版）的後記裡，我過去閱讀您的作品時，因為中文版沒有這篇後記，我是之後在佐野洋先生的引用中讀到的，您曾寫：「我想要追求兩者合一。」即是將推理小說當中的文學精神和解謎的樂趣合一，您是說想把日本推理文

註[1]類似中國相聲的日本傳統藝術表演。

學中的本格派和社會派的對抗，把它從對抗轉成融合。在這些小說的發展之中，這似乎是很難兩全的。可能本格派的世界要比真實世界簡單太多了，就是解開一個謎團；而社會派這種比較複雜的描寫，則可能不太適合抽絲剝繭的解謎。但是，您說要讓這兩者合一，而從您的作品來看，也可以看出您達成了一部分，有一個接近真實的世界，但還是注重一種古典解謎的樂趣，這是非常非常少見的。可不可以談談您對這一部分的看法？您針對兩者可以合一的創作觀點有什麼想法？

土屋：我似乎沒有特別介意這點。我以前曾經談過松本清張，他也和我一樣嘗試過這種做法，也就是說不止我一個人這麼做，很多人都有這種嘗試。

詹：這種真實性很高的古典本格推理創作的關鍵是什麼？

土屋：我以前看過很多偵探小說，如果問從前那些偵探作家，偵探小說最大的樂趣是什麼？也許他們會回答：是非常出奇的詭計設計，別人還沒用過的出奇詭計設計，那才是偵探小說的生命；但我不這樣認為。依我看，這個世界上的犯罪者也是和我們一樣有著普通智力的人，詭計也是這些人想出來的。詭計不該是非常離奇的，而應該是在我們身邊的，只不過人有時會懶於思考或思考不周，結果便失敗了。這不正是偵探小說的有趣之處嗎？這是我的看法。我至今從未設計缺乏真實性的詭計。我曾對一個評論家說，我所寫的詭計都是自己實際驗證過的，這點令他覺得很有趣。例如，我曾經設計使用照相機構成的詭計，看起來像是今天拍的照片，實際上是昨天拍好的，這個詭計就在《影子的告發》裡。要這樣做有很多種方式，例如將照相機的日期往回推之類的，而我則是拍好照片，然後翻拍，形成一種不必去現場而看起來像去過現場的假像。總之這些都是我自己實際驗證的。翻拍的照片和普通拍攝的照片究竟有何不同呢？總之我全都一一實驗了。又例如《天狗面具》裡，運用了神社祈福驅邪時神官拿的拂塵。如果在拂塵的竹棍上開一個洞，用滴管注入毒素，是否就能在別人的茶杯裡下毒？因為驅邪時人們都低著頭，若是茶裡被下了毒，應該沒人會知道吧？我想用這個方法計設詭計。事實上，我找了一根竹棍，在棍上開了一個小洞，並在上面綁了白紙，然後把太太叫過來，讓她就像神社裡請神官驅邪時那樣在我面前低著頭，然後我告訴她我倒了茶給她，她嚇了一跳，問我什麼時候倒的茶？我說妳不知道？她說一點兒也不知道。我心想這個詭計用得上了。我的詭計都是經過這樣實證的，很真實，我不會寫不可能發生的詭計，但是我也曾經碰上糟糕的事情。有一次，我寫了一部有關中元的作品，所謂中元就是夏季送禮的日子，中元禮品都是由百貨公司包裝，如果我另外買一份，然後包裝好，請百貨公司的人發送，結果，吃了這份中元禮品的人死了。這可是百貨公司的人發送的禮品，和我完全無關吧？任誰也不會知道我是兇手。沒想到在我的身邊發生了類似的事件，有人吃了從百貨公司送來的中元禮物，結果吃壞肚子。當時雜誌上已經刊登這篇作品，我覺得這真是太糟糕了。讀過這篇作品的人對我說，有人因為看了你的文章，所以跟著做了。我真沒想到有人會用我作品中的手段，那一定是偶然吧？結果對方居然說，莫非就是你做的？我與那人根本毫無關係啊！因為和那人沒關係，所以警方沒有懷疑我，但是發生了與我所寫的手段同樣的事情，真有這種事呢！也就是說，我的詭計是十分真實的，誰都可以模仿照做。如果是非常離奇的詭計，就沒有人能模仿了，但我的卻是任誰都可以做到。雖然偶爾發生類似的事件，讓我覺得很為難，但我還是認為，只有具真實性的詭計才可以用在小說裡。

詹：從讀者來看，您就像一個隱者，長期居住在這長野的山中，過著晴耕雨書的生活，很少出現在公眾場合或比較熱鬧的地方。大家對您的生活都很好奇。晴耕雨書，您真的是有一塊田嗎？是種稻米、種蔬菜嗎？還是這塊田只是文學上的一種比喻？能否談一談您在家鄉這種平靜的生活？您有那麼多的機會，為何選擇住在長野縣？這種生活與您的小說有怎樣的關係？

土屋：呵呵，這裡是我出生的地方呀。我們家族是從德川時代便移居至此的，算起來有四、五百年了，每一代都住在這裡。我家門前古時候叫中山道，是從東京可以直接步行走到京都的路，也是從前的諸侯到東京拜謁將軍時會經過的路。當時的諸侯得組成諸侯行列，從很遠很遠的地方徒步前去拜謁將軍。率領部下去東京見將軍，得花很多錢。將軍害怕手下積累資金謀反，因此讓他們花錢來見自己，是安定天下之策。諸侯領著部下浩浩蕩蕩走來，一天走五、六十公里，可總不能一直走，他們需要休息住宿的地方。為了好好休息，也為了晚上不被偷襲，所以有「本陣」這種地方當作他們的驛站。從我祖父的爺爺那代起，我家便經營本陣，從四百五十年前起，我們家族便一直住在這裡。我年輕時曾在東京工作，之後發生戰爭，我歷經了兩次徵兵。戰爭結束，我回到家鄉之後，便沒離開過，一直住在自己家裡。我還會種地呢！以前身體更好的時候，我種過稻米，也種過蔬菜，現在老了，揮不動鋤頭了。到五十歲為止，我都一直種菜過活，現在由我太太種菜，家裡吃的蔬菜都不用花錢買。我習慣這種生活，現在叫我去都市，身體已經無法適應了。我一天花七到八個小時看書，我沒有一天不看書。還是現在的生活方式最適合我，最輕鬆。儘管不是要特別稱贊這樣的生活，可是如果問我為何要過這樣的生活，我還真想不出答案呢！因為我就是順其自然，不知不覺便已經是這種生活了。

詹：您經常在作品中寫到家鄉，長野的很多風物和場景都出現在小說中，例如小諸、藤村碑、懷古園等等，那些場景替作品增添了真實的色彩，也在詭計中扮演重要的角色。每次讀完，都像是走了一趟信州，就像個導遊一樣。我的編輯同事就說，讀過您的書再來到長野縣，好像每個地方都活了起來，因為書裡想像的世界和真實的世界一相遇，便激發了很多樂趣。您之所以選擇這些長野縣的場景，只是因為熟悉還是有特別強烈的意識？

土屋：簡單來說，就是我只會寫自己知道的地方。別的作家會出門旅行，會去很多遙遠的地方，然後再以那些地方為舞臺。但是我不會，我是非常懶散的人，我懶得出外旅行，所以只能寫自己周圍、我所熟悉的場景。

詹：您已經花費五十年的時間在寫推理小說，這個文類在全世界擁有許多讀者，以及許多努力的創作者，對您來說推理小說最終、最深層的樂趣究竟是什麼？

土屋：嗯……我好像沒有這麼深刻的感受。我當初是想寫時代小說，後來就不知不覺地寫起推理小說，當然江戶川先生對此事是有影響的，不過問我怎麼會選擇推理小說？可能還是因為容易寫吧！（笑）

詹：您在全世界都有很多追隨的讀者，特別是一些推理小說的精英讀者。這次商周出版社出版了您的長篇小說全集，這可能是臺灣第二次介紹您的作品。這次看起來是更加用心和大規模。我在臺灣看到很多推理小說的讀者，例如我認識的一些教授、法官，他們通常對讀的東西很挑剔，他們一般不讀推理小說，但是讀您的作品。讀者層次之高，令我印象深刻。我想問一下，您有什麼話要對臺灣過去和未來的讀者說？

土屋：真有那麼多讀者看我的書嗎？（笑）我覺得不會吧。臺灣曾出版兩本我的作品，是林白出版社，出了兩本，除此之外都是盜版，是開本很小很小的書，出了好幾本，去臺灣旅行的人曾當禮物買來送我，那是好久以前的事了。我曾經想過為什麼臺灣的讀者會讀我的作品？我很感謝大家能讀我的作品。可是，我真的不覺得會有很多人讀呢！

詹：經過這次商周出版社的推廣，臺灣的很多讀者可能會受到小說的影響因而想到長野縣。土屋先生會對從臺灣來的讀者有什麼建議？到長野縣之後應該去哪裡玩？吃什麼東西？

土屋：真的會有人來嗎？（笑）其實，我從前去過臺灣呢！戰爭以前我的伯父在臺灣當律師，我還記得他住在台北市大同町二丁目三番地，而且他在北投溫泉那裡有別墅，後來他就搬過去住了。臺灣的香蕉很好吃啊！

詹：希望您有機會能去臺灣看一看、玩一玩。謝謝土屋先生。

二〇〇五．七．五，下午三時

於長野縣上田東急INN酒店會議廳

本文作者簡介——詹宏志

名作家、電影人、編輯及出版人。一九五六年出生，台灣南投人，台灣大學經濟系畢業。PC home Online網路家庭國際資訊股份有限公司董事長、電腦家庭出版集團和城邦出版集團之創辦人。目前是台北市雜誌商業同業公會理事長。曾於一九九七年獲台灣People Magazine 頒發鑽石獎章。

作者的話

土屋隆夫

此次，由台灣的商周出版出版包含我的主要長篇作品共十三卷的作品集，令身為作者的我非常開心。

我在一九四九年寫了生平的第一篇中篇〈「罪孽深重的死」之構圖〉，入選了當時的偵探小說專門雜誌《寶石》的徵文比賽，踏出了推理作家的第一步。

自此已經過了五十五年的長久歲月，但是我對推理小說的基本看法迄今未變。決定我走上推理小說作家之道的契機是江戶川亂步先生所寫一篇名為〈一名芭蕉的問題〉的文章。江戶川先生在文章中指出：「對推理小說而言，謎題或邏輯是不可或缺的要素，從這點來看，推理小說是與一般文學大不相同的小說形式。」但是另一方面卻也提出這樣的看法：「要寫出能夠稱為第一流的文學作品，卻又不失去推理小說獨特趣味的推理小說，是非常困難的事情。但是，我並不完全否定成功的可能性。」

簡單地說，雖然非常困難，但是的確有可能將以解謎為重點的推理小說提高到藝術的境界。

截至目前，先不談自己究竟能不能成功，但我一直朝著追求解謎為主的推理小說的獨特性，以及同時也是出色的文學作品的艱難目標，一路奮鬥過來。

回顧一路走來的推理小說作家生涯，不敢說自己已經實現了當初的夢想，但是全十三卷的作品集，每一部都是當時的我的心血結晶。

五十五年的作家生涯，我雖然一心一意地寫著以謎團為主題的推理小說，但是我感覺在近年來自己稍微擴大了謎團的範圍，在詭計等的邏輯性的謎團之外，也開始重視起犯罪的動機與心理的謎團。

身為作者，希望讀者在享受各部作品之餘，如果也能從這部作品集感受到作者作風的微妙變化，對我而言將是無上的喜悅。

二〇〇五・八

前奏曲。比才歸來吧

1

廣告代理公司的年輕職員瞄了一眼剛接到手上的原稿，不禁吃驚地看著對方。

「請問……就只有這些嗎？」

「沒錯。」對方在大型辦公桌上拄著腮不耐煩地點點頭。

「可是，這樣有點奇怪耶。」

「為什麼？」

「不是，只是跟我們平常收到的稿子比起來……」

「所以，我不是說過這是我的私事了嗎？」

「是，那麼這是活動通知還是……」

「喂！」對方叼著香菸的嘴唇抖動了一下。「你們公司有規定廣告主要說明刊登意圖或目的嗎？」

「沒有。」

「那你的話未免也太多了。」

「非常抱歉。」或許是煙熏到了眼睛，對方皺起粗眉，年輕職員低頭向他致歉。

「要刊登在哪裡都清楚了吧？」

「是的，您指定要刊登在三家全國發行的晚報、兩家東京都和神奈川縣內發行的晚報……」

「沒錯，大小是兩段七行，必要時最多到兩段十行。我要的欄位大小確定都有吧？」

「是，早上我接到電話後就立刻著手安排了，版面也照您的意思預備好了。」

「看情況，可能也會在明天的早報刊登……」

「是。」

「刊登的報紙一樣，不過部分的文案會做更改。關於這個部分，我下午會再聯絡，可以吧？」

「我想應該沒問題。有些東西可以抽換，而且畢竟您是老客戶了……」年輕職員話還沒說完，對方就從辦公桌後站起來大步走近門口，伸手抓住門把，然後突然回過頭，走回自己的位子上。

「您怎麼了？」

「沒有……」對方眼神呆滯地看著年輕職員，空洞的表情顯示出他也無法解釋自己為何出現剛剛那個唐突的動作。

「那麼，我將這份原稿帶回去了。」

廣告代理公司的年輕職員走出房間時，輕輕地點了一下頭致意，但是對方依然面無表情，只是像在打摩斯密碼般不斷用手指敲著桌面。

2

這房間就只有西側有一扇大窗，而且位在兩層樓公寓的西北角，算是最差的位置。冬天時，旁邊工廠的煤煙會隨著強勁的西風灌進屋裡。如果關上窗戶，吹在熏黑的玻璃窗上的煤煙，就像黑色窗簾般一整天都遮住微弱的光線。

到了夏天，這個沒有通風口的三坪大房間又西曬得厲害。少年傍晚回到屋裡，總覺得房間裡有股燒焦的味道。斑駁的牆壁和起毛邊的榻榻米，在落日餘暉中也彷如著了火一般。

太陽一下山，少年便打開窗戶。越過層層疊疊的鐵皮屋頂，可以看見遠方閃耀的霓虹燈，更過去一點是整片迷濛的黑暗。都市的夜晚有著五顏六色的燈光，夜色卻不夠深。所以少年站在窗邊，心中浮現的總是故鄉的情景。他和父親一起到東京已經三年了，鄉下家裡還有中風的母親和誤了婚期的姊姊。老家周遭種滿櫸樹、橡樹，儘管是附近最小的房子，然而夜晚有澄澈遼闊的星空，嫩葉的芳香在深不可測的黑暗中飄散……

「哎呀，你果然回來了。」房門打開，傳來少女雀躍的說話聲。

站在窗邊發呆想心事的少年，頓時眼睛一亮。

「嗨。」

「你怎麼這副樣子！」少女直視少年僅著一件短褲的結實裸身說。

「這……我不知道會有小姐來拜訪嘛。」少年不好意思地摸著自己的裸胸。

「這個房間好熱。」

「是呀，暖氣充足，還附設蒸汽浴，隨時都像在洗澡。」

少女斜坐在熱氣還未散退的榻榻米上。淡淡的香味和女性的體味，刺激著少年的鼻子；從短裙露出的白皙膝蓋讓少年目眩神迷。

「上夜班。坐吧。」

「你爸呢？」

「上個星期也是夜班吧？」

「嗯。同樣是警衛工作，但是大夜班有津貼，所以他連別人的班也接。」

「真是辛苦。來，這是你的換洗衣物。」

少女打開報紙包，拿出熨過的開襟襯衫。

「太好了，謝謝妳。」

「夏天總該穿乾爽一點的衣服嘛。」

「不好意思，老是麻煩妳。」

「沒關係，反正我們家是做這個的，跟其他客人的衣服一起處理就行了。」

「明天我就穿這件去吧。」

少年接過開襟襯衫時，看了一眼少女用來包衣服的報紙。

「這是今天的晚報吧。」

「是啊，正好放在燙衣檯上，我就直接拿來包了。如果是客人的衣物就可以用店裡的包裝紙，但畢竟不太好嘛。」

「正好，我還沒看呢。」

少年彎身跪著閱讀報紙，少女也湊在他的肩旁一起看。少女光滑的手臂觸碰到少年裸露的肩膀時，一股電流般的衝擊在少女的血管中奔竄。當印刷活字變成一堆黑點的排列時，少女便決定放棄看報紙了。她的眼光被少年胸口留下的一道汗水吸引，他黝黑結實的皮膚泛著濕潤的光澤，有著活字所無法形容的美感。

「啊！」少年嘴裡突然發出驚叫聲。

「怎麼了？」

「……」

「喂，是不有什麼奇怪的報導？」

少年沒有回答，只是姿勢趴得比之前更低，專心看著報紙上的某個部分。

少女交互地看了看少年和報紙。

「報上登了什麼嗎？」

少年抬起頭，神情十分凝重。他遙遠的眼神似乎在追隨著空間中某一個光景，讓少女心生不安。

「怎麼了嘛？」

「比才……」

「啊？」

「沒什麼。」

少年突然站了起來。

「你要出去嗎？」

少女也跟著站了起來。少女身材高大，兩個人站在一起，身高幾乎一樣高。兩人互看了一會兒，這幾秒鐘的沉默，讓少女更加不安了。

「你究竟是怎麼了嘛？」

「別問了。」

「真是個怪人。」少女噘著嘴巴說。「你最近真的很奇怪，也不像過去那樣開朗，不是突然變得神經兮兮，就是在想心事……氣色也變得很差。你是不是發生了什麼事？」

「我只是累了。」

「騙人，你明明在擔心什麼。」

「不關妳的事。」

「我討厭你這麼說。」

「討厭我也沒辦法。」

「我要回去了。」

少女嘴裡說要回去，卻背對著門往窗邊走去，她含淚眺望著遠方的夜景。無數明亮的華燈重疊交錯，更遠處的黑暗像是暈染般地擴散。

「喂。」少年從背後抱住了少女的肩膀。

「不要！」少女僵硬著身體向前蹲下，想擺脫少年的手。但她的心卻和她的姿勢背道而馳，激烈地想投入少年的懷裡。所以，當少年的手無力地放開她的時候，少女低聲地說：「我真的要回去了。」

那是一種期待有所回應的幼稚挑釁，但少年卻說了完全不相關的話。

「這種時候，妳會怎麼做……」

「什麼時候？」

「例如說，只是舉例而已。妳答應替某人保密，但是那個人卻可能因為妳遵守約定而遭遇不幸。那麼妳會保守秘密，還是……」

「我知道了。」少女突然轉過頭來，含淚的眼睛閃動了一下。「你說的那個人，是女的對不對？」

「不是，不是的。」

「騙人！我就知道一定是女的！」

「我都說不是了。」

「你瞞我也沒有用。之前我幫你洗過襯衫，領子上面還有口紅印，就是那個女人留下的吧？真噁心！我討厭你，我最討厭你了！」

少女一邊開門一邊宣告地說：「我再也不會來了！」

少女的腳步聲消失在走廊上。

少年茫然地站在原地，然後撿起腳邊的報紙，再次看著那個部分。

「果然是那時……」他一邊低喃一邊將報紙揉成一團往牆壁摔去，日光燈照映下的裸胸大大地起伏著。

少年似乎用全身的力量在忍耐著什麼。

3

男人從文件夾拿出白色信封，交給優雅地蹺著腿斜靠在沙發上的女人。

「不好意思拖了那麼久，這個請您收下吧。」

「哎呀，其實你不用專程送來的。」

「哪裡，只是金額不多就是了……」

「沒關係，我也是玩票的，這樣還有酬勞可以拿，我才覺得不好意思呢。」

「別那麼說。」

女人取出信封裡的明細表和幾張紙鈔，男人看著她隨意數錢的模樣，不禁暗自咂舌。

（只是玩票的嗎？還真是令人羨慕。信封裡的錢可是比我一個月的薪水還多呢！）

男人環視整個房間。陳列櫃裡擺著鄉土木偶和身穿民俗服裝的娃娃，牆上掛著漂亮的油畫和淡彩畫。

（這間公寓的租金，我的薪水都還不知道付不付得起。）

男人在心中自嘲著，正準備點根菸。

「金額沒錯。」女人將信封放回桌上。

「不好意思，裡面應該有張收據……」

「是呀，我差點忘了。」
「麻煩您簽名、蓋章。」
「請稍等我一下。」
女人推開通往隔壁房間的門，裡面好像是書房兼臥室。
男人從書報架上取下晚報攤在茶几上，他對國際時事、政治新聞沒興趣，便隨意瀏覽了一下社會新聞版。他散漫的視線突然停在某一處時，女人手上拿著收據走了出來。
「這樣就可以了嗎？」
「是的。」
事情就這樣辦完了。
男人站起身，又點了一根菸。他心中有股蠢蠢欲動的念頭，想要跟這個美麗、單身的女性多聊一會兒。
「這次的裝幀設計十分受到好評，我們總編輯很高興。」
「是嗎，我自己是沒什麼信心……」
「不，真的很棒。就民間故事集而言設計得恰到好處。純樸、充滿夢想，完全符合書的內容。」
「可是有點土氣……」
「就是那樣才好。充滿泥土香的詩情——我們想要的就是那種感覺。」
「因為我出身鄉下，所以……」

「您的家鄉是？」

「信州。」女人似乎想迴避這個話題，眼睛轉向窗外說。「會下雨嗎？」

「好像是吧。」

男人為了找新的話題而重新環視屋內。

「您的音響很棒呢。」

「啊……那個呀。」女人笑著說。「好像每個人都這麼以為。」

「難道不是音響嗎？」

「那是放洋酒的櫃子，裡面都是威士忌、白蘭地。我對音樂沒什麼興趣。」

「真是令人吃驚。」男人說。「您喜歡喝酒嗎？」

「嗯。」

「獨酌嗎？」

「誰叫我一個人住呢。」

女人的目光落在膝上，對話突然中斷了。為了打破沉默，男人看著茶几上攤開的報紙說：「您看這是怎麼回事呢？」

「什麼事？」

「就是這個廣告。」

女人探出身體仔細閱讀男人手指著的位置。

「比才歸來吧。舒曼在等待。上面就只寫這麼一些，完全不知道是什麼意思。」

「一定是尋人啟事吧。」

「不會吧。首先，舒曼可是有名的作曲家耶，我記得是波蘭人……」

「應該是德國吧。」

「沒錯，是德國人才對，留下《兒時情景》這部作品。不管怎麼說，他早就已經死了，比才也一樣。」

「他應該是法國人吧。」

「沒錯，他的作品是歌劇《卡門》。」

「還有《阿萊城姑娘》。」

「您知道的很多嘛。剛剛還說對音樂沒興趣，但您卻那麼博學。我看您其實很喜歡音樂吧？」

一時之間女人浮現尷尬的眼神。

「我只是……」女人結結巴巴地回答。「在書裡讀到的。」

「不管怎麼說，」男人再度將視線投向那篇廣告。「花錢登這種東西，一定有它的含意。一個死了的男人等待另一個死了的男人歸來，真是夠懸疑的。」

「看來你很喜歡推理小說囉？」

「我會看推理小說。可是眼前這個可不是虛構的小說，所以會讓人想知道謎底。」

「會不會是暗號？」

「暗號？」

「是呀，只要雙方對一對手上的解碼書，意思就會變成『毒品寄出了，在羽田交貨』。」

「這倒是很有意思。」男人笑了出來。「這樣一來，這個廣告就成了國際走私集團的聯絡方式囉。」

男人說到這裡時，女人房間裡的電話響了。

「不好意思。」

女人起身拿起話筒，跟對方說了一句「等等」，便轉過頭來對男人說：「對不起，我現在有急事……」

男人趕緊站了起來。

「那麼我告辭了，沒想到居然拉著您閒扯那麼久。」

男人邊往外走邊抬頭從窗戶看了一下天空。

「果然下起雨來了。」

直到門關上，男人腳步聲遠去後，女人才壓低聲音對著話筒說話。

「喂……可以了。……是嗎，我知道了。……什麼？曲調？……哦，你是說曲調呀。還是把那個加進去吧，不然就不能說是組曲了。……喂，你現在人在哪裡？……嗯，我看到了。可是比才不會回去的，比才早就已經死了。……喂，你的聲音好小。才不是呢，我一直都在你身邊，隨時都在你身邊。……喂……喂……」

第一樂章。紅色的零

1

在東京地檢署檢察官千草泰輔的家裡，這時剛用完晚餐。

一吃過飯，檢察官便躺下來休息，剛結婚時檢察官的妻子還曾經因此說過他。

「從醫學的角度來看，」當時檢察官這麼說。「飯後將身體躺平，可以預防胃下垂。」

「可是很難看呀。」

「我又不會在別人家這樣，這裡只有我們兩個人。」

「小時候我常被母親罵，」檢察官的妻子說。「說什麼吃過飯就躺下來會變成牛。」

「但是我又沒有變成牛。人變成牛這種奇蹟，我可從來沒有看過。」

「她的意思是說太沒有教養了，所以不要那麼做。」

「教養和健康根本是兩碼子事，那種說法沒有說服力。」

檢察官躺在地板上絲毫不肯退讓，他的新婚妻子只有無奈地閉上嘴巴。於是，這個習慣到現在都沒改。

「茶泡好了。」

「嗯。」檢察官坐起來。「雨好像停了。」

「只是下了一下而已，不過倒是變涼快了。」

濕涼的空氣從敞開的窗戶流進屋裡。院子裡雨水沖洗過的樹木，因為清風吹拂發出滴答的水聲。

「好安靜呀。」檢察官才剛說完，玄關的門鈴便響了。

「會是誰呢？」

檢察官的妻子很快地拿了一張名片走回客廳，「有位先生找你，說是要跟你當面說明來意。」

檢察官接過了名片。

藝苑社出版部部長，坂口秋男。

「噢……」檢察官笑說。「這倒是稀客上門了。」

「你認識嗎？」

「嗯，在中城他女兒的結婚典禮上見過面，新郎是這家藝苑社的職員。這位坂口以上司身分代表致詞，說話很幽默，那天的致詞也很成功。」

說得更正確一點，檢察官和坂口秋男在那天並非第一次見面。

檢察官在學生時代曾擔任過S大學箭術社的幹事，坂口秋男則是T大學箭術社的社長，兩人在校際對抗賽時經常會碰面。然而，檢察官並不是一直記得這一段往事，而是直到今年元月參加朋友女兒的婚禮時，才再度記起坂口秋男這個人來。

「新娘的名字是弓子，新郎是T大箭術社的成員，這個結合真是令人驚喜。身為前箭術社社長的我，衷心為學弟能一箭命中美麗的弓子小姐的芳心而高興。同時也祝福這對新人的夫妻生活能箭無虛發，確實發揮一箭中的的絕技，明年生個白白胖胖的娃娃……」

他一語雙關的致詞剛說完，檢察官便想起來：「原來是T大的坂口呀。」

那一天喜宴結束後，檢察官主動跑去找坂口說話。

「我是S大的千草。」

「唉呀！」對方大喊一聲。「我就覺得好像在哪裡見過你，偏偏就是想不起來。」

「那時真的是被你整得好慘……」

「彼此彼此。」對方笑道。「不過，我們真的是好久不見了。怎麼樣，一起去喝一杯吧？」

「好呀，為我們遙遠的青春乾杯。」

「好，就交給我吧。」

坂口走在前面帶路。他們去了日本橋一帶的酒吧，連喝了兩三間，每一間好像都是坂口常去的店。總之那天兩人都喝醉了，因為酒而醉，也因為回憶而醉。言談之中，青春時期的畫面不時飛躍而出。

「找一天我們再聚聚吧。」道別時，坂口提議。

「打電話到我辦公室來。」檢察官遞出名片說。「下一次換我請客。」

但是坂口並沒有打電話給他，也許是因為出版社很忙吧。但是說到忙碌，檢察官的工作也不惶多讓。結果這件事就一直擱著，坂口秋男的事也逐漸從檢察官的腦海中淡忘。

就在即將遺忘之際，坂口打電話來了，那是大約一個星期前。

「喲，」檢察官對著話筒裡的人笑著說。「怎麼了？我還欠你一場好醉呢。」

坂口語氣明朗地表示，自那天之後工作突然變得十分忙碌，直到手邊企劃的文學全集告一段落，這才想再跟檢察官見個面。

那一夜，兩人在銀座的一家小酒吧碰面，坂口熱切地談論出版業的現況、文壇的軼聞趣事，檢察官完全處於聽眾的角色。對檢察官來說，出版業、文學是個未知的世界，至今從未接觸過。但是坂口對工作所投注的熱情，卻讓檢察官聽得心醉。那一夜告別時，兩人相約下次再見。

「幫我準備威士忌拿到客廳來。」檢察官一邊起身一邊交代妻子說。「今天的客人是個豪爽的酒伴。」

2

「這麼晚了，突然來打擾……」坂口低聲說，僵直的臉頰上浮現硬擠出來的笑容。他肩膀低垂，跟一個星期前相比，憔悴得簡直判若兩人。

「出了什麼事嗎？」兩人面對面一坐定，檢察官便開口問道。

「看你一副很疲倦的樣子……」

「千草兄。」對方的口吻顯得很性急。「才見了兩、三次面，我也很不願意這樣拜託你，可是我沒有什麼警方的人脈，所以只能請你幫忙。」

「究竟出了什麼事？」

「我住在世田谷的等等力町，你認識世田谷警署的署長嗎？」

「認識，我曾經負責過那個轄區的一些案件。你找署長有什麼事嗎？」
「我想請你幫我引介。」
「這樣嗎……」檢察官說完，點了一根菸。
這樣的對話通常會有潛在的危險。在他還沒卸下公務人員的身分之前，不論是談話還是行動，都必須和他人保持一段距離。如果越過，就很容易讓對方和自己產生危險。
坂口秋男打聽世田谷警署署長的目的是什麼？
「來，先喝一杯再說吧。」
檢察官將妻子送上來的威士忌杯放在坂口面前，但對方卻無意伸手接過。
「千草兄。」他說。「我現在實在沒心情喝酒。」
「你被捲進了什麼事件嗎？」
「不是的。」他搖搖頭，然後像是下定決心一般，注視著檢察官的眼睛說。「事實上是我太太失蹤了。」
「嫂夫人嗎？」檢察官探出身體問。「什麼時候的事？」
「四天前，就是上個星期六。我確定下午兩點之前她都在家，之後就不見人影，沒有留言也沒有任何聯絡，就這樣子消失無蹤了。」
聽坂口這麼一說，已確知他要求引介世田谷警署署長的目的；但是知道目的後反而讓檢察官的心情更沉重。
坂口是不是誤會如果帶著檢察官的介紹信過去，世田谷警署就會給他特殊待遇呢？

當然只要申請協尋，警方就會進行必要手續，在制式表單上填寫失蹤者的長相、服裝、特徵等內容，必要時附上照片分發給轄區內的警署。有時看情形還會進行全國性搜尋。

但是所謂的「看情形」指的是跟重大案件相關的失蹤搜索，性質完全不同。

檢察官不知道看過多少張丟在文件箱裡變色發黃的失蹤人口協尋單；他還看過累積成冊又厚又重的報案單，就隨便丟在刑警的桌上。這也難怪，對刑警們來說，現實中出現流血、屍體的案件才吸引他們的注意力。

就算坂口秋男拿著檢察官的介紹信到世田谷警署去，應該也得不到任何特別待遇。

可是看著坐在眼前這個男人沉痛的神情，檢察官還是心軟了。

「關於失蹤的原因，你有什麼線索嗎？」

「沒有。」他回答。「就這次而言，我完全沒有概念……」

「就這次而言？你是說嫂夫人以前也離家出走過嗎？」

坂口的嘴角扭曲了。

他的表情肯定了檢察官的詢問。

3

「今年三月……」沉默了一段很長的時間後，坂口終於開口。「她曾經離家出走過一次。從傍晚時就不見人影，直到天亮才回家，也不算是外宿，而是一整晚在街上走著。」

「整晚在街上走著？這是嫂夫人自己說的嗎？」

「是的，不過我倒是毫不懷疑，因為這是有原因的。去年十一月，我們的孩子因為車禍過世了。說是車禍，其實是肇事逃逸，到現在都還沒有抓到兇手。我們只有這個孩子而已。我太太離家出走那一天，剛好和孩子出事時同樣是二十一日……」

車禍發生在去年十一月。

那一天，坂口的妻子帶著兒子浩一去丈夫公司的營業部長菊川大作的府上拜訪。其實也沒什麼特別的事，不過就是女眷之間的來往，她們一個月裡會互相拜訪個一、兩次。

菊川家位於杉並區的下高井戶，由於主人家裡並沒有小孩，對沒有玩伴的浩一而言，這次的拜訪十分無趣。

等到兩人告辭走到門口，突然變得活力十足的小男孩擺脫了母親的手，從小巷子衝向大馬路。

「危險呀，小浩！」母親在後面小跑步地追趕著，車禍就在那一瞬間發生了。一部發出刺耳排氣管聲、疾駛而來的機車，撞上了浩一弱小的身體。

當穿著白色手織毛衣的浩一被撞飛起來，掠過坂口妻子的視野時，她昏倒了。

因此，她並沒有看到機車在幾十公尺前方稍微減速，車上戴著紅色安全帽的男人轉頭瞄了一眼後又揚長而去的身影。

目擊到這一幕的是路過現場的一名大學生，他立刻抱起倒在地上的浩一往附近的醫院跑去；而聽見尖叫聲後衝出來的小酒館老闆則背著昏倒的母親，送往跟浩一相同的醫院。

由於大學生熟悉醫院的位置，因而浩一的傷勢獲得迅速處理，但是兩個小時後，他還是因為失血過多而死亡。坂口接到緊急通知趕過來時，妻子正因注射了鎮定劑而沉睡著。

因為事情發生在傍晚，街上飄起小雨，路上沒什麼行人，車禍的目擊者只有那名大學生，但他也不確定有看到戴紅色安全帽的男人。

雖然杉並警署將這個案件當成惡意的肇事逃逸來調查，但是最後還是沒能找到兇手。不過，由於署內也有人認為是母親的疏忽才造成車禍，使得警方失去了偵辦的熱情。

「我到現在還是對杉並署的處理方式很不滿。」坂口聲音顫抖地表示。「說什麼肇事逃逸，這可是殺人呀。戴紅色安全帽的男人究竟跑到哪裡去了？當時我太太每天都跑到車禍現場去，一個人呆呆地站在那裡。終於，二十一日那天晚上……」

坂口回到家是傍晚六點左右，沒看見妻子的身影。正好那一天是二十一日，他心中有不祥的預感。

他等了一個小時，人還沒有回來，心中更不安了，但他還是又繼續等了一個小時。最後，他實在是等不下去了，便衝到附近的派出所去，請求派出所聯絡杉並署的警方到車禍現場找人。

「可是……」坂口說。「最終那一晚我太太並沒回家。我整個晚上不敢闔眼，直到天快亮時，玄關門口傳來東西碰撞的聲音，出門一看，才發現她倒在地上。她因為太過疲憊，話都說不出來。我將她抱進房間後，問她是怎麼回事……」

她只是輕聲地道歉說對不起，便立刻陷入沉睡，一直睡到了傍晚，才好不容易恢復了體力，在坂口的詢問下說明那一夜的行蹤。

一如坂口所猜測的，她又去了杉並的車禍現場，一整晚都站在那裡，想找出那個戴紅色安全帽的男人。

她一邊注視著車禍現場，一邊和浩一的靈魂說話。

——告訴媽媽，殺死小浩的人在哪裡？

當時，她的耳畔似乎聽見了浩一的說話聲。

——媽媽，在那裡。

——媽媽，更前面那裡才對。

當她在那個說話聲的引導下舉步向前時，便陷入了昏昏沉沉的狀況，究竟走到了哪裡，她自己也不清楚。等到回過神來，人已經倒在自己家的玄關門口。

「千草兄。」坂口說完後，對著檢察官說。「這就是我太太唯一一次離家出走的真相，原因很清楚，可是這一次的情形我卻完全沒有頭緒。兒子去世，妻子又失蹤……這個負擔對我來說太沉重了……」

「我了解。」檢察官低下了頭。

4

當時檢察官心中浮現的想法是，坂口妻子的失蹤應該還是跟兒子的車禍有關。

例如，坂口的妻子走在街上看見了某個戴紅色安全帽的男人，當然她不知道肇事者的長相，只是對紅色安全帽留有強烈的印象。

於是，她便跟在那個男人身後，用近乎詛咒、憤怒和祈禱的眼神直盯著那頂紅色安全帽。

男人繼續走著，她也加快了腳步，耳中聽見了死去兒子的說話聲。

媽媽，就是那個人。

別讓那個人逃走了。

男人繼續走著，紅色安全帽移動著。

怎麼可以讓他逃走！不管他走到哪裡，我都要跟下去！

那時，驅使她前進的只剩下單純的復仇心吧，她心中早已無所謂跟蹤的意義與目的了。她衝動地跟在男人身後，最後還是失去了紅色安全帽的蹤影。她會不會因此發了狂似地在陌生的街頭徬徨，然後因為過度疲勞而昏倒？畢竟她曾經有過一整晚在深夜街頭漫步的「前科」。此時坂口的妻子是否正受到某個警署的保護？但由於精神狀況混亂，以致警方也無法從她口中問出地址和姓名？

——想到這裡，檢察官心中不禁產生了一個疑惑。

坂口的妻子已經失蹤四天了，這段期間，坂口秋男究竟在做什麼？

他剛剛說，妻子在今年三月「只是一個晚上」沒有回家，他便奔往附近的派出所請求聯絡杉並警署幫忙尋找。然而這一次已經過了四天，為什麼他沒有報警？

「坂口兄。」檢察官說。「嫂夫人行蹤不明的事，你還沒有報警嗎？」

「沒有。」

「這就奇怪了。」

「奇怪？……為什麼？」

「今年三月嫂夫人離家出走時，你的處理可說是十分迅速，幾個小時後便通知了附近的派出所和警方。可是這一次卻……」

「千草兄！」坂口打斷了檢察官，探出身子說。「我一開始也想過要報警，可是我卻猶豫了，這當然是有原因的。」

「你可以告訴我嗎？」檢察官說。

在坂口秋男任職的藝苑社，員工之間成立了許多社團，有桌球、攝影、麻將、滑雪等集合同好的社團組織，其中有個社團名為「烏鴉白鷺會」。

烏鴉白鷺指的是黑白棋子。換言之，這是個圍棋同好會。今年四月，新進來一名叫藤卷的年輕員工，他在學生時代便參加過業餘選手權賽，也曾獲得棋院頒發的初段證書。

這個圍棋社，就以藤卷為中心成立了。由於成員中不乏第一次摸到棋子的人，大部分社員的棋技也不怎麼高明，所以便戲謔地將社團取名為「烏鴉白鷺會」，坂口也是熱心參與會務的成員之一。

這種關乎輸贏的活動，只要學會了就讓人入迷，大家一有空便想找人對弈。員工休息室裡，一連好幾天下棋聲不斷。有的成員甚至買了便宜的棋盤，開始研究起棋譜，坂口秋男也在藤卷的鼓吹下買了整套的棋具。

坂口訂購的棋盤和棋子，在上個星期的十六日送到藝苑社，是藤卷熟稔的古董店老闆親自送來的。

「糟糕！」當時坂口說。「我本來想請你送到家裡的。」

「府上在哪裡呢？」

「世田谷的等等力町。」

一聽到是等等力町，古董店老闆面有難色。對於一個年近七十的老人家來說，的確是太勉強了，何況他的店遠在日本橋。

「好吧，我自己想辦法處理。」

棋盤厚四寸八分，腳高三寸八分，是榧木製的高級品。沉甸甸的棋石據說用的是北海道十勝產的黑曜石，總之是一套很有份量的棋具。

坂口自己有車，但每天搭電車通勤。因為妻子擔心先生要應酬喝酒，不肯讓他開車。於是，他前往收發室。

「小牧。」坂口呼喚了在收發室裡的少年。「不好意思，又有事要麻煩你了。你可以幫我把這東西送到家裡嗎？」

牧民雄是收發室雇用的少年，去年國中剛畢業，和父親兩人一起住在世田谷奧澤町的公寓。坂口和小牧兩人搭的電車路線相同，只差一站，因而坂口過去也常麻煩他做些私事，然後給個大約五百圓的酬勞，他似乎也當成是跑腿的外快。

那一天是星期六，下午坂口到休息室探了探，已經有幾名員工圍著棋盤在對奕了，藤卷也在其中。

坂口在眾人的邀約聲中，也坐下來拿起了棋子。一旦開始下起來便沉迷在比賽中，根本不記得牧民雄是什麼時候離開公司的。他和藤卷對奕了三局，雖說是新手下棋，不用花太多時間思考，但是最後一局下完時窗外已是夜幕低垂。

「一起去吃個飯吧？」坂口邀約。

「好呀。」

除了藤卷之外，另一名叫淺田的同事也跟著一起去，兩人都是在外租房子的單身漢。吃完飯後自然就是小酌一番，三個人在公司附近的酒吧坐到九點過後。

「怎麼樣，要不要到我家去？」坂口醉眼朦朧地看著兩人問道。「今天送來了很高級的棋盤，我們用那個來下一盤吧？」

「第一次開盤，是嗎？」藤卷笑著說。

「是呀，真想聽聽用那個棋盤下棋的聲音。到我家來吧！」

「那就去打擾了。反正回到公寓也不會有老婆等我……」

「好，那就決定了。」

「不會被嫂夫人罵吧？」

「你胡說什麼，我家那口子早就訓練有素了。反正明天是星期天，你們兩個就睡在我家吧。」

「你說呢，淺田？」

「既然這樣子，當然不能臨陣脫逃囉。」

三個人有說有笑地離開了酒吧。

他們到達世田谷的坂口家，已經是十點過後了。坂口按了玄關的門鈴，卻無人回應，也沒人出來應門。家裡燈光熄了，顯得靜悄悄的。

「會不會不在家呢？」

「嗯，真奇怪。」

坂口推了一下門，門居然開了。

「真是太不小心了，你們先進來再說吧。」

坂口率先進入屋裡，打開電燈。送來的棋盤就放在客廳裡，上面放著兩個棋盒。

「果然是不在家。」

「好像是吧。」

一陣不安掠過坂口心頭，酒醉的血管中彷彿注入冰冷的液體。

「沒關係，我太太有時候會回橫濱的娘家。大概是聊得太高興便住下來了吧，真是隨便的傢伙！」

已然喝醉的藤卷和淺田似乎毫不懷疑坂口這番說詞。

「喂，我們來好好下一局吧！」

看見藤卷取出棋盤和淺田開始對奕，坂口便走上二樓。

衣櫃的抽屜開著，平常應該是鎖上的才對。打開的抽屜裡放著一本存摺，坂口對那本綠色的存摺還有印象。幾個月前，車站附近新開了一家T銀行的分行，在業者的推銷下，坂口也在那裡開了戶，平常的存取就由他太太處理。

坂口翻開存摺，發現一筆三十萬的現金被提走。這麼一大筆錢，應該不會沒說一聲就領走的。

（她究竟領走這三十萬要做什麼？）

提款日期是前一天的十五日。

這項發現更加深了他心中的不安。

從二樓下來時，藤卷和淺田正廝殺得如火如荼。

「我太太果然是去了橫濱，二樓有她留的字條。」

「是嗎？」兩人似乎根本沒有注意坂口說的話。

坂口反而因為自己提到了字條，突然靈機一動繞到廚房，廚房有個專門用來記事情的小黑板。

（也許上面有寫些什麼。）

他打開電燈，看著小黑板，上面沒有他期待的留言。可是他的視線卻被記在小黑板中央的奇妙數字所吸引，那是用粉筆大大地寫下的三個0。

5

「慢點。」檢察官舉起手打斷對方的話。「小黑板上寫的零，是數字的0嗎？」

「是的。」

「不是隨手亂畫的東西？」

「不，應該不是。三個0整整齊齊地排成一列，就在黑板的正中央。不過那個應該沒什麼意義吧？重點是，我太太沒有告訴我就提走了三十萬現金。」

「沒找到錢嗎？」

「沒有，只能說是我太太帶走了。換句話說，這次的離家出走和上次不一樣，不是臨時起意的。就是因為這樣，我才猶豫要不要報警。這不是單純的失蹤，而是有計劃的。總之，我認為她是因為某種目的而離家的。因為不能讓藤卷和淺田知道，所以我將電話帶到二樓……」

「帶電話上樓？那是什麼意思？」

「也就是說……」坂口開口說明。

坂口家為了讓每個房間都能通話，房裡都設有電話插座，也就是所謂的「插孔式電話」，只要多花一千圓的安裝費就能裝設。

坂口打電話到妻子在橫濱的娘家，在貿易公司上班的大哥夫婦和女佣三人住在那裡。

「我太太有沒有在府上叨擾？」坂口問道。

對方回答今天沒來，於是坂口說明了情況。

他們在電話中商量了一番，但當時還不能斷定是失蹤，便決定再多等一天。

由於同事可能會住在他們家，於是坂口拜託大哥讓佣人阿德嫂明天早上過來家裡幫忙，因為過去也曾經請阿德嫂來家裡幫忙大掃除，他們便答應了。

聯絡過後，坂口回到了客廳。他已經沒有心情下棋了，但還是得裝出平靜的樣子，他不希望讓出版社知道這件事。

他拿出威士忌，三個人開始暢飲，夏天的黎明總是來得很快。

「該睡了吧。」當坂口這麼提議時，窗外的天際已經開始發白了。

三人一起躺在榻榻米上，很快地便呼呼入睡。直到搭電車從橫濱趕來的阿德嫂發出聲響，才吵醒了三人。對於睡眠不足的他們來說，早晨的陽光似乎太刺眼了。

妻子的大哥擔心妹妹的安危，也在中午前趕了過來，兩人主要討論的重點還是那三十萬。帶著錢出走固然令人不安，但同時也讓他們產生她可能投宿在某處的猜測。大哥的意見是，目前還是先別把事情鬧大比較好。

等大哥回去後，阿德嫂留了下來。坂口請阿德嫂看家，自己則前往住在神田的介紹人家裡商量。他們夫婦的意見也一樣，介紹人的太太甚至說反正又不是小孩子，她應該馬上就會回家的。

最後，對方還露骨地質問他們夫婦之間的生活，才結束了這一次造訪。

就這樣，坂口空等了兩天。

「第三天，也就是昨天，我在上班途中想到了一個跟我太太聯絡的方法……」

「聯絡的方法……」

「請看看這個。」坂口從口袋裡掏出兩張摺得很小的報紙。

「這是昨天的晚報，這是今天的早報。」

檢察官看著坂口指的位置，那是一則奇妙的廣告。

> 比才歸來吧。 舒曼在等待

> 給比才。什麼都不問，全都能諒解。 舒曼

「這就是……」檢察官抬起眼睛問坂口。「你聯絡嫂夫人的方式嗎？」

「是的。」

「那麼，這個比才是……？」

「是我太太。」

「是嫂夫人嗎？」

「我是在八年前結婚的。」坂口說。「訂婚之後，我常約我太太去聽音樂會，她也很喜歡音樂。那時，我曾收到一封信，寄件人只署名『比才』。打開信封，我立刻知道是她寫來的。我太太的名字是美世，美麗的美、世界的世。信裡，她在美世的署名旁標上

Bizet，也就是比才註[1]，很像是喜歡音樂的她會想到的。說來不好意思，我被她的用心所感動，也決定想一個別名。我的名字是秋男，日文的秋也可以讀作 **shu**，英文的男人是 **man**，合起來的發音就是舒曼（**Schumann**）。這是我們青春時期無傷大雅的小遊戲，從此我們書信往來時的署名就都用比才和舒曼……」

「原來如此。」檢察官點點頭。原來這個男人也有如此浪漫的回憶呀。檢察官的妻子在他們結婚之後，曾有段時間喊他「泰輔」。檢察官不喜歡，便半靦腆半命令地說：「夫妻又不是朋友，喊聲老公就好了」。當時檢察官的妻子還故意裝傻地說了一句：「泰輔，最愛你了」註[2]，然後一溜煙地跑開了。青春，已經是遙遠的過去了。

「坂口兄。」檢察官說。「這篇廣告的意思我明白了，但是嫂夫人並沒有任何的聯絡，我建議你還是向世田谷警署申請協尋失蹤人口比較好。」

「現在嗎？」

「沒錯。你說嫂夫人帶著三十萬，可是並不能保證『錢在她手上』呀。」

「我也是直到今天……」坂口一邊站起來一邊說。「才想到這一點。」

「署長那邊我會打電話過去的。」

「那就麻煩你了。」坂口客氣地低頭致意，臉上的表情比來的時候放心多了。或許是

註[1]日文的「美世」，可讀做 bise，發音和比才很像。

檢察官的態度讓他幾近崩潰的心得到了支撐。

檢察官的妻子送客人到門口，回到客廳後驚訝地說：「哎呀，怎麼一口都沒喝呢？」

「嗯，德國出生的舒曼，應該喜歡啤酒勝過威士忌吧。」

「什麼舒曼？」

「沒什麼。」檢察官笑著說。「家裡不是有《兒時情景》的唱片嗎？」

「你要聽嗎？」

「好久沒聽古典音樂了。」檢察官拿起威士忌杯說。

6

陽光一照射，昨夜下過雨的濕泥地便立刻曬乾了，白色的道路飄散著看不見的熱氣，加上不斷冒出來的汗水，使得內衣和襯衫都濕透了。

那天早上，千草檢察官一到辦公室後便呼喚事務官上前。

「今天只有下午的一場開庭吧？」

「是的，下午兩點開始。今天終於要宣判了。」

「我打算在論告中求刑兩年。就單純的恐嚇罪而言已經是最重的刑罰了。只是求完刑後，我卻感到法律的空虛。」

「為什麼？」事務官問。

「那個男人快三十歲了，而且有六次前科，所有的罪名都是恐嚇。兩年刑期對他而言只不過是休假而已，一出監獄肯定又會再犯。法律固然能將犯人送進監牢，卻也必須讓犯人出獄。他也宣稱會繼續犯案，我身為檢察官卻只能反覆嚐到這種空虛感……」

「檢察官難道不相信刑罰的教育價值嗎？」

「對某種人而言，」檢察官一邊點菸一邊說明，「刑罰這東西根本就毫無意義。我指的不是那些病態的犯罪者；而是有些正常人基於個人的信念進行某項罪行時，他其實並不害怕刑罰。當然對於沒有意思繼續犯罪的人來說，就沒有教育的必要，這時候刑罰反而變成了單純的復仇……」

話說到一半，桌上的電話響了。

事務官接完電話後說：「是世田谷警署打來的，那裡的偵查主任要找您。」

「我知道了。」

檢察官接過話筒，電話那頭傳來粗厚的聲音說：「千草檢察官嗎？」

「我是。」

「坂口秋男今天早上到本署報案了。」

「是申請協尋坂口美世的下落嗎？」

「是的，他提出了正式的申請。他說他是檢察官的朋友……」

註[2]日文的「泰輔」（TAISUKE）和「最喜歡、最愛」（DAISUKI）的發音很像。

「太好了，我本來想先打電話拜託你們的。不管怎麼說，當事人手上有三十萬的現金，這一點要多加注意才行。」

「關於這一點……」主任很快地說明。「我們刑警去調查過T銀行的分行了。坂口美世是在十五日上午將錢提出，那家分行剛開幕不久，上門的客戶不多，所以櫃檯的服務小姐記得很清楚。」

「當時她的態度有什麼異狀嗎？」

「這一點也問了。櫃檯小姐在交錢時還說如果之後用不著了，歡迎再存入銀行，結果美世高興地笑著說自己要出去旅行，搞不好這些錢還不夠用呢。」

「旅行？」檢察官不自覺地放大音量。「目的地是哪裡？」

「不知道。總之有三十萬的話，就算去香港或新加坡都沒問題吧。」

「新加坡？」

「沒有啦，我只是打個比方。總之，這個太太真令人傷腦筋呀。」

「那麼，就麻煩你們了。」

放回話筒時，檢察官的額頭滿是汗水。

「您朋友發生了什麼事嗎？」

對於山岸事務官的詢問，檢察官簡要地說明坂口美世的失蹤經過。

聽完之後，事務官說：「那倒是很令人擔心呀。」

檢察官看到他眼中浮現了好奇的神色，便問道：「你覺得比才會回來嗎？」

「這個嘛……」事務官側著頭說。「不知道耶，不過那個坂口美世如果跟比才作品中的《阿萊城姑娘》一樣的話……」

「那就不會回來了嗎？」

「應該不會回來了吧。那位姑娘可是個有情夫的多情女子呀。」事務官說完，不禁為自己的發言笑了。

檢察官也被逗笑了，但是一時之間，心頭閃過一個小小的疑惑。

美世的失蹤該不會跟男人有關吧？

而且，說不定坂口其實也知道？

這樣的疑惑絲毫沒有根據，但就是因為沒有根據，這個疑惑反而在檢察官的想像中開始生根發芽。

7

下午的開庭結束後，千草檢察官回到辦公室，一個正在跟事務官聊天的男人就笑著對他說：「好熱啊。」

汗水從男人肥胖的臉頰流向粗壯的脖子，原來是偵查一科的刑警野本利三郎。

「來旁聽嗎？」檢察官坐下來，拿起事務官端上來的冰水咕嚕咕嚕地一飲而盡。

「判決跟你的求刑一樣嘛。」

「畢竟有六次前科呀。」
「那傢伙已經是第三次進我們的監獄了。」
「我看第四次還是要麻煩你了。」
「多謝啦，那麼不可愛的犯人還真是少見。」
「有犯人是可愛的嗎？」
「當然有囉，當中有的還想讓他當我的女婿呢。」
「這種話可不能對你女兒說。」
「說了她也不會嚇到。我女兒是老么，今年才六歲。」
「對了。」檢察官說。「你來這邊是找女婿嗎？」
「當然不是，我有事來請教你。」
「是嗎？」
「千草先生玩過射箭對不對？」
「是啊，學生時代我是箭術社的幹事。那又怎麼了？」
「學校讀哪裡？」
「S大。」
「年齡呢？」
「喂！」檢察官一副受不了的樣子說。「你是在偵訊我嗎？」
刑警毫不在乎地繼續說：「反正千草先生的年紀不說我也知道，再來我想問……」

「什麼?」

「T大也有箭術社嗎?」

「有啊。」

「那麼你認識當時T大箭術社的社長坂口秋男嗎?」

「你說什麼?」一時之間檢察官睜大了眼睛。「坂口秋男怎麼了?」

「他太太四天前行蹤不明……」

「你……」檢察官驚訝地看著刑警肥胖的身體說。「你怎麼知道這件事的?」

「怎麼知道?那麼千草先生也知道囉?」

「回答我,你是怎麼知道的?」

「報紙上有尋人啟事。比才歸來吧。舒曼在等待。這個廣告還真是做作啊。」

檢察官臉上流露出近乎困惑的表情。

「那個廣告的意思,」檢察官說。「照理說只有坂口和他太太才看得懂。舒曼是坂口,比才是他太太,這件事應該只有他們兩個人知道才對。」

「可是我就是知道呀。」

檢察官抑制住內心的焦躁質問:「所以,我才問你是怎麼知道的。」

「我聽一個少年說的。」

「少年……?誰?」

「牧民雄,跟坂口同一家出版社,在收發室工作的十七歲少年。」

檢察官說：「這件事你還是從頭到尾跟我說清楚吧。」

「當然，這就是我來的目的呀。」

野本從口袋掏出回聲牌香菸叼在嘴上。

野本刑警住在世田谷玉川尾山町，他都搭乘國鐵和東急田園都市線到總廳上班。

今天早上，野本刑警跟平常一樣站在田園都市線的九品佛站等電車。

等車的人群中，一名少年走過來對他低頭行禮，然後說：「請問您是野本同學的爸爸嗎？」

「您是刑警，對吧？」少年再一次確認般地看著他。

野本露出曖昧的笑容說：「你是……？」

「我是盛夫的同學。」

「那麼，你是N國中的……」

「是的，我叫做牧民雄，不過我只在那個學校讀過一年而已。」

「你怎麼會認識我呢？」

少年的嘴角浮現淡淡的笑意。

「刑警先生不是來過學校教學觀摩嗎？體育課的時候，您曾經示範吊單槓給我們看……」

「噢……」野本這才想了起來。一想起來，他臉部的血液頓時往上衝。

那是前年的某個星期日，學校為了配合忙碌的家長，特別將父親觀摩日訂在那一天。

「我是母親，這次換你去看看盛夫上課的情形了。要知道生下這個孩子，可不是我一個人的責任……」

他就這樣被太太趕出門，在難得的星期日去了學校。

打一開始他就對英文、數學課敬而遠之，還好還有體育課，所以他選擇在體育課的時候到學校去。

校園裡，學生們集合在單槓前面，這堂課教的是曲臂懸垂和上踢的技巧。

可能是都市小孩手臂都沒什麼力氣，幾乎所有學生都是一臉痛苦地掛在那裡，像隻軟趴趴的毛蟲一樣又是扭腰又是亂踢。

（真是沒用的傢伙！）

看到這一幕，野本刑警不禁燃起了一股熱血。

他一語不發地從家長之中走出來，一把抓住沒人用的單槓，嘴裡喊著一、二、三、四，做出了漂亮的懸垂運動。十六、十七……他一邊汗流如雨一邊繼續做著，終於做到了第二十八下。

學生們開始鼓掌叫好，其他家長則配合野本幫忙計算，二九、三十……。野本咬著牙繼續做，數到第三十五下時，他終於力氣用盡，一屁股摔在沙地上。

四周響起一陣大笑。

——那是盛夫同學的爸爸呀？

——聽說是偵查一科的刑警。

——是大隊長嗎？

——不是，只是小刑警而已。

野本的臉紅透了，完全沒發現盛夫一臉快要哭出來似地瞪著自己。

盛夫從學校回來之後，有好一段時間不肯跟他說話。他太太也橫眉豎目地罵他也不看看自己多大年紀了。如今回想起來，還是忍不住冒冷汗。

「你就是當時的刑警先生吧？」少年這麼問了，野本也只能難為情地承認。「既然被你發現了，那也沒辦法。」

「所以呢？」檢察官邊笑邊問。「那個少年就跟你提起坂口妻子失蹤的事了？」

「沒錯。」

「可是坂口昨天才來過我家，他應該還沒跟任何人提起那件事才對。」

「少年說他是看報紙的廣告知道的。」

「這就奇怪了。」檢察官說。「他怎麼會知道比才和舒曼的意義呢？」

「那個少年以前去過坂口家好幾次，」刑警說明。「跟他太太好像很熟。有一次談到了音樂，他太太提到自己年輕時談戀愛曾有過這樣的事，少年便因此記住了，昨天一看到報紙廣告就立刻想起來。」

「嗯……」檢察官盤起了手臂思索。

牧民雄知道坂口美世失蹤的事。

他那一天將棋盤送到了坂口家。

而且這個少年還知道野本利三郎是偵查一科的刑警，並且叫住了他。

「野本，」檢察官說。「牧民雄應該有什麼事想跟你說。如果只是上司的太太失蹤的事，是沒有必要告訴刑警的。」

「當然，牧民雄還說了很重要的訊息。」

「他為什麼不跟他上司，也就是太太失蹤的坂口秋男說呢？」

「自然是有他的理由，他實在是一個很好的少年。」刑警瞇著眼睛回想。

8

牧民雄在當天下午兩點左右，拿著受託的棋盤來到等等力町的坂口家。

坂口的太太美世到玄關來迎接他。

「哎呀，怎麼叫你送這麼重的東西來呢。老是這麼麻煩你，真是不好意思。」

美世一看到在大太陽底下走來的牧民雄臉上汗如雨下，便說：「你流了好多汗。我去弄點涼的給你喝，你先進來休息一下。」

牧民雄客氣地拒絕了，打算就此回去，卻還是拗不過美世的熱情邀約。其實每次都是這樣。

緊接著廚房的是一個四坪大的房間，平常兼作餐廳和客廳使用。牧民雄每次都是坐在那裡和美世聊個二、三十分鐘，這是他不為人知的一大樂趣。

美世擁有母親般的溫柔和超越自己母親的美麗，吸引著少年的心。美世只要一動，身上便散發出淡淡的香味。她一靠近少年說話，溫暖的氣息總是讓少年臉紅心跳。

這個房間的東邊和南邊各有一扇大窗子，在這個遠離馬路的住宅區裡，陽光透過茂密的樹叢射了進來，使美世的臉頰散發著透明的嫩綠色光芒。

那一天，美世和牧民雄之間沒有特別聊到什麼，只是斷斷續續地提到了音樂、運動和出版社的話題。

啜飲浮著冰塊的檸檬紅茶，少年聽見通往廚房的門板後面傳來輕微的敲門聲。

「會是誰呢？」美世站了起來。她把房門一打開，便驚訝地揚聲說：「哎呀，你是什麼時候進來的？」

美世說話的同時也關上了門，並消失在廚房裡面。

因此，牧民雄並沒有看見對方是誰，但從窸窸窣窣的說話聲來判斷，應該是個年輕男人。

「你在胡說些什麼？那是出版社的人，只是幫我先生送東西回來而已。」

美世的音調有些高亢，語氣聽起來也很不客氣。男人接著壓低聲音說話，無法聽到話裡的內容是什麼。

「不行！」美世突然大聲地說。「今天不行！不管是第三、第四都不行！而且也只剩下兩個小時了不是嗎？」
男人又更壓低了聲音說話。
「待會兒再來也一樣不行！」美世說。
牧民雄發現自己的立場有些尷尬，廚房裡的男人好像對自己在這裡很不悅。
他想自己該告辭了，看了一下手錶，剛過兩點四十分。
突然間門開了，美世情緒有點激動地走了進來。
「呃，我要先回去了。」
「是嗎。」美世冷淡地回應，可是馬上又走到少年面前，盯著他的臉說：「小牧，有件事要拜託你。」
「什麼事？」
「剛剛有人來過家裡的事，不要告訴我先生。」
「啊……」
「要是被他知道了不太好。其實也沒什麼，只是如果讓他知道了，他會瞎操心。你能答應我不說出去吧？」
「是。」
「一定哦，答應我。」
「我答應。」
「那我們勾勾手指。」

美世白皙的手指纏在少年曬得黝黑的粗糙手指上，少年渾身起了一陣甜美的顫抖。

「這個是謝謝你送這麼重的東西過來。」美世說完，遞出了一千圓的鈔票。

「不用了。」少年不肯接受。

「為什麼？」

「不為什麼。」少年逃跑般地往玄關走去。

少年一邊心想那個男人還在廚房裡嗎，一邊心跳加速地想著剛剛手指交纏的情景。

星期一到出版社上班時，部長叫他過去。

「謝謝你幫我送棋盤回家。」坂口道完謝後問道。「我太太有說什麼嗎？」

「沒有。」少年回答。

「她有沒有要出門的樣子？」

「我沒有注意。」

「你沒有到家裡休息一下嗎？」

「有，部長夫人還請我喝冷飲。」

「你們聊了些什麼？」

「也沒什麼……」

「是嗎？」坂口想了一下後說。「好，沒事了，謝謝你。」便開始忙著翻閱文件。

牧民雄暗自對自己堅守和美世之間的約定而驕傲。

傍晚他回到公寓看見晚報的那則廣告時大吃一驚。以前聽美世提過的舒曼，竟然在等待比才的歸來！

部長夫人不見了嗎？

這跟那一天在廚房出現的男人有關係嗎？

部長什麼都不知道，正一無所知地等著太太回來。可是我和部長夫人勾過手指發過誓，不能違背她的期待。

星期二，早報上又出現了新的廣告。看著廣告上的文字，牧民雄覺得胸口很難受。

他想說，卻又不能說。

少年很迷惑，也許部長夫人出了什麼事。沒錯，那個男人在部長夫人失蹤的這件事上肯定扮演了什麼角色！

我得跟誰說一說才行，我一定要說出來。我只答應部長夫人「不能告訴部長」，如果跟部長以外的人說，應該就不算違背約定吧。

我要跟誰說呢？少年的眼睛這時捕捉到一個矮胖、看起來人很好的刑警……

「換句話說，」野本刑警很高興地說。「那個少年在掙扎著要不要將事情說出來時，剛好看見了我。想到我就是教學觀摩日時的刑警先生，那個玩單槓的叔叔，心想跟那個刑警說的話就錯不了……」

「少年有這麼說嗎？」檢察官故意壞心眼地追問。

「他當然沒說，但有說跟沒說還不是一樣。總之就是我人緣好！」

「牧民雄住在哪裡？」

「世田谷奧澤町。他和父親住在一個叫做新光莊的公寓裡，是三年前來到東京的，他的父親在銀座一帶的大樓當警衛。我聽牧民雄提起坂口曾經是T大學的箭術社社長，所以才過來問看看千草先生認不認識他。沒想到這世界還真小呀！」

檢察官邊聽邊點頭，表情越來越嚴肅。

「山岸。」檢察官呼喚事務官。「拿火車時刻表過來給我！」

「您要出去嗎？」

「不是，我要調查坂口美世的行動。美世在上星期的十五日去T銀行分行提錢時，跟櫃檯服務人員說要出去旅行，再加上小牧少年聽見美世對進來廚房的男人說，不管是第三、第四都不行。我想，這個第三、第四應該是指特急或急行列車的名稱吧。所以，你馬上幫我查一下所有叫『第三××』的列車開車時間。」

「第四呢？」

「應該不需要。男人預約的一定是『第三××』的列車，所以美世才會說不管是第三、第四都不行。這就像當對方提到白色時，我們會回答管你白色黑色；對方說熱的話，我們習慣回答管你是熱是冷，對方說過的話通常都會放在前面重複。」

趁著事務官在調查時刻表的同時，檢察官也打電話到藝苑社去。

「我找坂口部長……什麼，沒來上班？原因呢？生病嗎？謝謝。」

檢察官改撥坂口名片上印的住家電話號碼。

「坂口兄嗎？我是地檢署的千草，聽說你生病了……」
「沒有……」對方的聲音從話筒裡傳來，檢察官仔細地聽著。「我只是覺得頭很重。關於那件事，我早上已經跟世田谷警署報案了。」
「對方已經通知我了。對了，待會兒偵查一科的野本刑警會到府上找你。」
他身邊的刑警嚇了一跳。
「有什麼事呢？」
「想借一張嫂夫人的照片。」
「我知道了。」
「坂口兄。」檢察官調整了一下呼吸後說。「我們目前掌握到一些事實。嫂夫人失蹤當天有一個男人到你們家去過，你知道是誰嗎？」
「是嗎？」坂口降低了聲調。「果然……」
「果然？你知道這件事？」
「不，我只是想像，或者說是猜測。」
「你想會是誰？」
「一定要說嗎？」
「事關嫂夫人的安危，還是請你說出來吧。」
「是一個叫津田晃一的男人。」
「記下來！」檢察官趕緊命令刑警。「麻煩你再說一次……」

「津田晃一，晃是日字下面一個光，一就是數字的一。」

「津田晃一，他是個什麼樣的人？」

「昭和文科大學的學生。」

「地址呢？」

「中野，好像是住在一間叫做亞南莊的公寓。亞細亞的南方，亞南莊。」

「你為什麼會認為是他呢？」

「我兒子出車禍時，就是他抱著小孩到醫院去的。當時需要大量輸血，津田還親自輸血給他……」

「所以他應該是個心地很善良的學生囉？」

「一開始我也這麼認為，我太太也很感謝他，還到他住的地方拜訪。後來，這個男人竟然說他好像看過那個肇事逃逸的兇手……」

「嗯……他也是這樣跟警方作證的嗎？」

「不，他是在很久之後才這麼說的。因為他是唯一的目擊者，我太太自然相信他。他自稱是學生，平常在酒吧打工當酒保；但我看酒保才是他的本業，學生是業餘的。聽說，東京都裡的酒吧他全都跑遍了。」

「然後呢？」檢察官催促他說下去。

「他說，那個戴紅色安全帽的男人跟某家酒吧的酒保長得很像，可是他不記得酒吧的名字……」

「他有說明紅色安全帽男人的長相特徵嗎?」

「沒有,他只是不斷地說很像、好像看過之類的,還說如果能到他以前打工的酒吧走一走,或許能想出來。我太太聽信他的話,還贊助過一、兩次費用讓他到處喝酒。」

「這根本就是惡意的詐欺嘛。」

「我也這麼想,所以告訴我太太不可以再接近那個男人,但是我太太似乎並不死心,那男人還趁我不在時來找過我太太一、兩次……」

「所以說,你猜想嫂夫人失蹤當天,津田可能來過家裡?」

「是的。那男人可能是藉口說發現了那個戴紅色安全帽的男人,想從我太太那裡騙走三十萬……這是我的猜測。但是,我不想因為自己的猜測傷害到別人,所以到目前為止我都沒提起這件事。」

「我懂,這一點我們會去調查的。待會兒刑警過去時,請你多多關照。」

檢察官放回話筒後馬上交代:「野本,麻煩你立刻去坂口家借美世的照片,地址是世田谷的玉川等等力町××號,然後順便到中野區的亞南莊公寓看看,調查津田晃一十六日的不在場證明和目前的生活狀況。」

「唉,我來的真不是時候。」

「你說那是什麼話!」檢察官生氣地斥責著。連一旁的山岸事務官都不禁倒抽一口氣,可見檢察官的語氣有多強烈。

「你忘了身為刑警的職責了嗎?!」

野本利三郎肥胖的身軀頓時像是被針穿過般地僵住了，他就那樣僵立著回答：「對不起，我立刻就去。」

看著野本刑警邁出步伐的背影，檢察官叫住他：「八五郎！註3」

檢察官用溫暖的目光注視著回過頭的刑警，說：「回來後，我們去喝一杯吧。」

野本刑警僵硬的臉頰立刻緩和了下來。

他的嘴唇顫抖著，卻以一種玩笑的口吻回答：「那還用說嗎，錢形老大。」

9

野本刑警出去時，檢察官的桌上已經放著山岸事務官整理好的「第三××列車一覽表」。

第三出湯〈東京—修善寺〉	下午一點十五分
第三天城〈東京—伊東〉	下午二點整
第三紀伊國〈白濱—天王寺〉	無關
第三阿爾卑斯〈新宿—松本〉	早上十點二十分
第三佐渡〈上野—新潟〉	下午一點整
第三信州〈上野—長野〉	下午四點五十分

第三十和田〈上野—青森〉　晚上九點十分
第三磐梯〈上野—會津若松〉　晚上十一點四十分
第三松島〈上野—仙台〉　下午四點整

「根據這張表可知，」檢察官說。「那個男人想要用來帶走坂口美世的列車只有一班！」

「哪一班？」

「第三信州。」檢察官說得很肯定。

事務官問：「為什麼您這麼肯定呢？」

「那個男人在坂口家廚房裡跟美世交談時，牧民雄心想該告辭了而看了一下手錶，當時剛過兩點四十分。然後，美世就回答男人說『只剩下兩個小時了不是嗎』。兩點四十分再加上兩小時，因此那班列車的開車時間應該是在下午四點四十分前後，所以符合的就只有第三信州了。」

說完後，檢察官打電話給世田谷警署的偵查主任。

「我推測坂口美世失蹤當天搭乘下午四點五十分從上野發車的急行列車『第三信州』，很可能有一名姓名年齡不詳的男人同行。請緊急聯絡該列車經過的地區，也就是埼玉、群

註[3]錢形平次與八五郎，野村胡堂所著《錢形平次捕物控》時代推小說中的捕快搭檔。

馬、長野各縣警總部，並且保護該案主。據判斷她有可能遭到綁架，希望能特別留意。」

傍晚，野本刑警拖著疲累的腳步來到檢察官辦公室。

「照片借來了。」他將兩張3×5的照片丟在桌上，「可是津田晃一不在。據說他幾乎都不睡在那裡，老是到不同的女人家過夜，我們的線索還不夠掌握那傢伙的行蹤。」

「他十六日的不在場證明呢？」

「哪有什麼不在場證明。」野本苦笑著。「亞南莊的管理人說，他最近根本沒看到過那個傢伙。」

「房間裡面呢？」

「我進去看過了，一本書都沒有。倒是置物櫃裡塞滿了裸女照和色情雜誌，還有就是衣櫥裡掛著好幾十條領帶。」

「辛苦你了，總之我們去喝一杯吧。」檢察官站了起來。

野本跟在他後面走著。

「這樣，今天的工作總算結束了。」刑警打了一個大大的哈欠。

九點過後，檢察官回到了住處。雖然和野本刑警喝酒已經是家常便飯了，但每次他都覺得吃不消。

野本一概不喝洋酒或是啤酒，獨衷日本酒，而且不坐下來對酌就覺得酒味盡失。

一旦酒酣耳熱，他就會將粗壯的手臂纏住檢察官的脖子，然後滿嘴酒臭味地唱起難聽的小調，歌詞也千篇一律。

男人就要讓男人欣賞
馬齒徒增是沒有魅力的
檢察官百歲，我九十九
我們要一起活到白髮蒼蒼

這傢伙的個性還真是不錯，檢察官邊想邊覺得好笑。微風拂過他酒醉的雙頰，沿著樹籬小道走著，只覺空氣中充滿了夜晚的味道。

「好累啊。」

大門一打開，檢察官便丟下公事包。「好累啊」這句話，已成了他這十年來的口頭禪，就像平常人打招呼說「我回來了」是一樣的。

「你回來了呀。」檢察官妻子拿起公事包說。「坂口先生來過兩次電話，好像有什麼急事的樣子……」

「是嗎。」他脫下皮鞋。

難道在卸下檢察官這個職業之前，我都沒有安歇的時候嗎？

他走到電話前面，撥給坂口。

「啊，千草兄！」對方的聲音顯得異常激動。

「有什麼事嗎？」

「發現重要的線索了！我剛剛上二樓打開我太太的衣櫥，想看看她帶了什麼衣服出門。結果看到一條白色桌巾揉成一團塞在裡面，我隨手將它拉開……」對方說到這裡便停住了。

「喂？那條桌巾怎麼了？」

「桌巾正中央畫著三個0，而且已經變色了，好像是用血畫的。桌巾也好像被沾著血的手指拿過，上面有血跡；衣櫥門板內側也有一些血手印。千草兄，我該怎麼辦……」

「我馬上過去，你千萬不要亂碰任何東西。」檢察官急切地交代完後掛上了電話。

檢察官在電話旁茫然地站了一會兒，便立刻要太太拿衣服來。

「我要出去一下。」

「這麼晚了還要出門，去哪裡？」

檢察官沒有回答，只是注視著空中，嘴裡喃喃地說著：「三個紅色的0……紅色安全帽……」

第二樂章。紅色襯衣

1

別所溫泉位在長野縣小縣郡的鹽田町。

《枕草子》裡記載：「溫泉為七久里溫泉、有馬溫泉、玉造溫泉」。「七久里」是別所溫泉的古名，據說溫泉開採的歷史可遠溯至景行天皇註[1]時代。從信越線上田車站走約十公里，渡過千曲川，穿越左右開展的鹽田平原稻作地帶，眼前會出現一座小型的富士山，那是夫神岳；後面接著更高聳的山稜線，遮蔽了西南部一帶的視野，那是女神岳。從兩座山峰分別流下來的河水匯成了相染川，街市就是沿著這條河的兩岸興建起來的。這個地區地處海拔五百六十公尺，晴天時可以望見東方遠處的淺間山冒出來的煙，但是山中的冷空氣似乎還是比溫泉的味道來得濃厚。

旅館相染屋位於這條溫泉街的南端，近幾年來因為旅行風潮，大部分的旅館都重新整修或增建，不論是外觀還是內部裝潢早已失去昔日的風采，只有相染屋堅持不變。這家旅館建於明治中期，有著歷經三代風雪的堅固木造建築和灰撲撲的厚實外牆，彷彿遺世獨立地坐落在溫泉街一隅。

相染屋位於狹窄坡道的盡頭，隨著大型巴士的流行，已經越來越少團體遊客上門。年輕情侶一聽到房間裡沒有浴室，連廁所也必須共用，總是相視苦笑，彷彿事先說好似地立

註[1]日本第十二代天皇（71～130年）。

刻轉身走下坡道。除了利用農閒時期來溫泉做療養的常客之外，只有在其他旅館都客滿的情形下，相染屋才會有客人上門。

老闆佐太郎從幾年前就對這份工作死心了。他本來就不適合經營旅館，既不會說話，更不會討好客人，表情又很愁苦，幾乎沒聽他放聲大笑過。

就算有單身旅行的中年客人問他：「老闆，有沒有不錯的女人？」他也只是繃著一張臉搖搖頭而已。其實並不是沒有，但他就是嫌麻煩不肯仲介。偶爾有客人喝醉了，將手搭在送晚飯進客房的老闆娘肩膀上，他一定馬上勃然大怒。

「我們這裡可不是那種旅館！」

客人當然立刻縮手了，不過有關相染屋不好的風評，也就隨著那一類客人的批評誇張地流傳出去。

佐太郎擁有廚師執照，但旅館的膳食一概交由妻子多喜和掌櫃留吉負責。他們也曾僱用女服務生，不過總是做沒多久便辭職，主要原因是底薪太少，又沒有什麼小費和服務費可拿。如果一天裡只有兩、三組客人的話，多喜一個人就能應付得來。若是真的忙不過來，也可以臨時拜託附近的農家主婦前來幫忙。比起累死人的農事，一天七百圓工資的旅館工作，對她們來說做得更順手；而且她們的待客之道充滿了家庭主婦的細心，因而這群「打工歐巴桑」反而受到客人的好評。

七月十五日。

這一天，別所溫泉的狹窄街道上，一早便擠滿了觀光客和來自附近的人們。他們或是各自前來或是組成團體，主要目的都是為了參加祭典。

當地人稱這個祭典為「岳幟節」或是「岳幟祭」，是個擁有四百五十年歷史傳統的民間祭典。

以前這個地區曾經遭受乾旱，農民便根據當地的住戶數製作長達三丈的旗幟，拿到夫神岳上豎起來。雷神看見隨風飄蕩的無數旗幟誤以為是飛到山上的龍，便趕緊招喚夫神、女神兩座山岳的雲彩，降下了大雷雨。今天的岳幟祭既是傳統的民俗，同時也帶有觀光宣傳的意味。

祭典從高舉旗幟的行列開始，只見一枝枝高大的竹竿上纏著一整塊布匹，竹竿的總數量超過了六十幾枝。旗幟一受風吹，粗大的竹竿便畫出一道道弧線，前端的竹葉也同時沙沙作響。

扛著旗幟的男人們一路往夫神岳山頂走去，長長的隊伍緩緩地在山的斜面上移動。天空十分晴朗，七月的驕陽在隊伍的正上方閃耀，男人們的身影已融入山裡，觀光客的眼睛只注視著在綠意中翻飛的旗幟。風一吹，旗幟便一起飄動，以藍天為背景，彷佛生物一般地擺動身軀。古時祖先的智慧讓觀者無不感動，無數飄搖的旗幟果然就像是在天空亂舞的飛龍一樣。

「就是像這樣，」老婆婆牽著孫子的小手說，「你爺爺的爺爺們，就跟神明求到了雨哪。」

「真的下雨了嗎？」

「當然下雨了呀，以前的人很厲害的呢。」

「為什麼今天沒有下雨呢？」

「因為今天是祭典啊，是祭祀神明的重要日子，所以不會下雨。現在你爸爸他們，正在九頭龍神的面前享用敬神酒呢。」

祭典的最高潮是山上的敬神儀式結束，並將旗幟帶回來之後。

小學生們戴著花斗笠、手甲，腳打綁腿，裝扮成童男童女的模樣等待旗隊歸來，然後一邊跳著竹竿舞一邊帶領遊行隊伍前進；另外還有三頭舞獅，以充滿鄉土氣息又威武的舞步，將祭典的亢奮推向最高點。隨風呼嘯的六十幾張旗幟，左搖右晃地上下翻飛；男人們酒醉的臉上不停冒出豆大的汗珠。

大部分的觀光客忙著拿照相機拍下這熱鬧的隊伍，對他們而言，祭典是最佳的拍攝主題；而對溫泉街上營生的人們來說，這一年一度盛大舉行的岳幟祭是很自然的，也是一種習慣。

拜祭典所賜，相染屋那天從一早便不斷有客人前來投宿。多喜找了附近農家的三名主婦來幫忙，這是她一個星期前就先約好的打工歐巴桑。

下午拒絕了三組客人，入夜之後，多喜又對將近十個客人低頭致歉說：「真是不好意思，我們已經沒有空房間了……」

看著折回坡道的客人背影，多喜興奮地跟丈夫佐太郎說：「要是平常日子也這樣就好了。」

三名來幫忙的主婦用過晚餐、洗完澡後，開始聊起今晚住宿客人的閒話，直到將近半夜一點，才起身說「那我們就先告辭了……」。

「妳們其中一位，」多喜看著三個人的臉說，「明天能不能再幫忙一天？」

「我應該可以吧。」三人之中最年輕的志乃說。

說是年輕，志乃也已經快四十了，不過她個性開朗，很會招呼客人，在客人要求下也肯陪著喝一兩杯。今天晚上她就喝了兩、三杯啤酒，臉頰還通紅著。

「那就拜託志乃吧。住宿的客人只剩下菊室的一組，不過明天要洗浴衣和床單，很累人的。」多喜說。

隔天，七月十六日。

志乃遵守約定一早便來報到了。

「今天早上街上很冷清，都沒看到什麼人影。」

多喜聽了志乃的話後，重重地點頭說：「大家都累了，還在睡覺吧。」

祭典過後的山鎮，寂靜得彷彿日前的興奮像是一場虛幻。

直到傍晚，相染屋都沒有半個客人上門。

入夜之後，遠方傳來雷聲。閃電在黑色的雲層中掠過，空氣是靜止的，沒有風。

「今天晚上好悶呀。」多喜正坐在櫃檯抱怨時，忽然，撩起裙擺坐在門口的志乃大叫著：「老闆娘，好像有客人來了！有人正往這邊爬上來！」

坡道的盡頭就是相染屋，陰暗的街燈下映照出一個女人的身影。

那件怪事就是在這之後不久發生的。對相染屋而言，這是個不幸的夜晚。

2

那個女人穿著淡灰色的套裝，上面裝飾著相同布料包著的大鈕扣，敞開的領口掛著一條珍珠項鍊。

志乃像是欣賞時裝雜誌一般地打量著女人的打扮，在黑框橢圓形鏡片下是一張白皙、充滿知性的臉，一眼就給人很都會風格的印象。

「歡迎光臨。」志乃跪在玄關迎接。

「有空房間嗎？」

「有的，請進。」志乃將拖鞋整齊地排放在客人面前後，轉頭問櫃檯。「安排岳之室好嗎？」

那是這家旅館最高級的房間，多喜在櫃檯裡看見是一位上等客人，很自然地重重點頭。

「我來帶路。」志乃走在前面。

「我希望房間有陽台，我想看山。」女人要求說。

「是，現在帶您去的是我們最好的房間……。」

不管是不是最好的房間，相染屋也只有岳之室有陽台，志乃對自己說的話感到好笑。

一進入房間，女人便將隨身行李放到壁龕裡，從布包打結的開口中，可以看見裡面的紙盒，再看看她左手提的白色皮包，想來行李就這麼多了。沒有皮箱，也沒有旅行袋。因為她衣服穿得十分光鮮亮麗，因此放在壁龕裡的布包讓志乃覺得很不協調。

「這個房間可以嗎？」

女人稍微環視了一下房間說：「可以。」然後就直接走到陽台，似乎很疲倦地坐在椅子上。她不斷地拿著手帕擦拭額頭上的汗水，看起來真的很累。

「這個房間白天看出去的景色很漂亮。」

「我喜歡睡在陽台上。」

「會著涼的，山上的清晨很冷哦。」

志乃從櫃子裡拿出浴衣，並將東紅色的腰帶整齊放在上面說：「請換上浴衣。」

「謝謝。」

女人望著外面的夜色，像是自言自語般地問道：「不知道最後一班電車什麼時候會到……」

「十點四十九分。」

「哎呀，這麼晚嗎？」女人皺起了眉頭。

「您有朋友要過來嗎？」

「嗯。」女人點了點頭，停頓了一會才說，「是我弟弟。」

「那麼晚上要一起住了？」

「是的，要麻煩妳了。」

「謝謝您，請問晚飯呢？」

「我們兩個都在上田用過了。等我弟弟到了，再點啤酒來喝吧。」

「我知道了。」

志乃跟女人說到這裡後，便告退了。

當志乃到櫃檯去交代女人說的話時，多喜不懷好意地笑著說：「還弟弟呢。」

「怎麼說？」

「那是她的愛人，他們夜裡一定是光著身子抱在一起。」

「老闆娘好噁心喲！」

志乃帶著茶具和登記簿再度回到岳之室。

「不好意思，打擾了。」

志乃跪著打開紙門時，一眼便看見女人背對著她踩在矮几上，將手伸進櫥櫃上方的暗櫃裡。

女人似乎嚇了一跳，從背影就能感覺出她的狼狽。

「嗯……我剛好……」

「那裡面什麼都沒有啦。」

滿是灰塵的暗櫃裡，通常只會放著用舊的圓扇和菸灰缸之類的東西。

這個女人想要幹什麼呢？

志乃的語氣有些諷刺：「我們不會在裡面放什麼奇怪的東西的。」

女人聽了似乎有些不太高興。

「我不是在找東西，而是要把這個放進去。」她從暗櫃拿出白色皮包後，用力關上櫃子的門。

「如果是貴重物品的話，可以交給櫃檯保管。」

「不用了，太麻煩了。」女人不耐煩地說完後，走下矮几，又回到陽台靠在窗邊看著室外的暗夜，背影顯得很僵直，這讓志乃心生不安。

——她會不會一生氣就回去了？

「這位客人……」志乃膽怯地開口詢問，「對不起，我剛剛是不是惹您生氣了……」

「沒有。」她的語氣很冷淡，一如她所表現出的不悅，很粗魯地撥了一下頭髮。這時志乃看見她的左手手指纏著繃帶，但究竟是哪一隻手指，志乃就不確定了。

「嗯……我送了熱茶過來……」

「好。」

「還有，要麻煩您填寫一下登記簿……」

女人略微回過頭，然後坐到陽台上的椅子，緩緩地說出：「東京都……」，看來是要志乃幫她寫，志乃趕緊重新握好遞出去的筆。

「千代田區，神田，四之二。名字是，坂田——就是一個土一個反的坂。坂田，千世。」

「您弟弟呢？」

「健一，健康的健，數字的一。這樣就可以了吧？」

「謝謝。」志乃低頭致謝，心想年齡、職業待會兒隨便寫寫就好了。

「浴室在樓下，那麼請好好休息。」

志乃倉皇地離開了岳之室。

一走出客房，她便在職業欄上填寫「無」，年齡寫上三十四歲。雖然對方看起來比較年輕，但是志乃故意這樣寫，算是小小的報復。反正她的名字也不見得是真的，登記簿這種東西本來就是隨便寫寫的，志乃心想。

岳之室的女人在二十分鐘後經過櫃檯前面，老闆佐太郎看見了她的身影。女人換上了旅館的浴衣，似乎是一洗完澡便繞到櫃檯來。

「您要出去嗎？」佐太郎問。

「嗯，我想到車站去，我弟弟應該快到了。」

佐太郎聽見她這麼說，不知不覺便瞄了一下櫃台上的時鐘，十點剛過五分。從上田開過來的電車要十點四十九分才會到，走路到車站要二十分鐘，這時候去接人還嫌太早。或許是這麼熱的晚上，想邊乘涼邊慢慢走過去吧。

「您慢走。」佐太郎對著客人的背影打招呼。這是他跟女人說的最後一句話。

女人再也沒有回到相染屋來，與其說是沒有回來，根據事後的調查發現，女人根本就是從這個溫泉街上消失了。

3

鹽田町的派出所接到相染屋的報案是在當晚，說得正確點，是隔天淩晨將近一點的時候。

當然，這段時間相染屋也不是無所事事地等著客人回來。

「真是奇怪，老公。」多喜首先說出自己的不安。「會不會出事了？已經十一點四十分了耶。」

電車十點四十九分就到了，就算腳程再慢，這個時間也早該回來了。這附近又沒有可以停下來逛的夜市，入夜之後溫泉街更是一片冷清。晚上又和白天不同，看不到什麼風景。

「會不會是電車誤點了？」由於客人遲遲不歸，一直還留在櫃檯的志乃說。

多喜立刻打電話去車站，打聽到電車確實準時到站了。

「我去看看吧。」掌櫃留吉騎著腳踏車衝出去。

這時，佐太郎打電話聯絡當地僅有的兩家計程車行。他想起以前曾有客人出去散步，卻臨時起意搭車到附近的上山田溫泉去，直到玩累了才回來。雖然他覺得可能性不太，但還是有確認一下的必要。

詢問的結果，這個想法也破滅了。十點過後，這兩家計程車行只開出了四輛車，除了一對老夫婦外，兩輛載的是縣政府的員工，一輛是當地時鐘店老闆叫的。那對老夫婦是別家旅館的女服務生送他們上車的，可以確定不是住在相染屋的「女人」和同行的男人。開往上田的最後一班電車是九點三十三分，這個時間公車也停駛了。

正當櫃檯裡瀰漫著一股沉重的氣氛時，掌櫃留吉回來了。

「完全找不到人。」他喘著氣報告，「街上根本沒有半個人，酒吧、咖啡廳都打烊了。因為祭典太累了，大家都睡得早。我遇到千曲館的掌櫃，他也說他們旅館的客人少了一大半……」

「老公，該不會……」多喜害怕地看著佐太郎，心頭掠過一陣不祥的預感。

去年秋天，這個溫泉街也發生過類似的案件。一名住在紅葉館的年輕女子失蹤了，說是出去散步便沒有回來過，到了第三天，女子的屍體才在別所神社後面的小池塘裡浮上來。

女子是紅葉館的客人，死因是勒殺，而且還被強暴，兇手一直沒有抓到。

所以多喜說到「老公，該不會……」時，腦海中浮現的是不好的想像。

可是和紅葉館案件不同的是，這個女人有男伴。就算女人在前往車站途中遭遇不幸，不應該連同行的男伴也跟著消失無蹤吧。

「總之，」佐太郎站起來說：「先調查一下客人帶的行李。」

「這麼做好嗎？」

「在這種情況下也管不了那麼多了，就讓留吉和志乃在一旁看著吧，彼此互相作證。反正又不是要偷客人的東西，一切有我負責。」他的語氣意外地顯得很堅定，不像是平常的佐太郎。多喜心想，畢竟是個男人。

四個人走進了岳之室。

首先打開衣櫥，裡面只整整齊齊地掛著一件淡灰色的套裝。由於上面沒有口袋，所以也沒有任何發現。多喜翻了一下內裡之後，便將衣架掛回去。

絲襪捲成了一團放著，但是沒有看到項鍊。難道女人換上浴衣後，還戴著項鍊嗎？

不過最讓四個人感興趣的，還是留下來的那個布包。

佐太郎解開了包裹，裡面是一個很新的紙盒，上面印有K公司的商標。從紙盒的形狀來看，多喜做出了判斷。「應該是襯衫吧。」

「嗯，上面寫著『男士用新款式』，應該是男人的襯衫吧。」

「不過，還是打開來看看吧。」

他打開了盒蓋。

「這是什麼啊……？」

裡面既不是西裝襯衫，也不是開襟襯衫，而是一塊大紅色的布。佐太郎用著像魔術師的手勢般拿起那塊布，紅色的布料有些透明。

「這是襯衣嘛。」

「『衣暢』？」留吉反問：「什麼是『衣暢』？」

「不是『衣暢』，是『衣襯』。」

「不是啦，是『襯衣』才對。」多喜糾正說。

「我都搞混了，總之就是睡衣啦，女人穿的。」

「睡衣？」五十六歲的留吉一臉正經地問，「穿這個睡覺嗎？那底下光溜溜的不就都被人看見了？」

「就是要讓人看見啊。」

「為什麼？」

「女人就是想讓人看呀。」

「想讓人看，就不要穿嘛。」

「你真的不懂嗎？」

「不懂。總之身上會帶著這種東西的，一定不是什麼普通的女人。該不會是馬戲團的人吧？」

這樣的對話其實很可笑，但是當場卻沒有人笑得出來，大家只是神情緊張地壓低聲音交談。

「咦？」多喜的手從紙盒裡摸出更小的盒子。「真討厭，居然還有這種東西。」

那是一打裝的保險套，還沒有拆封。

「嗯……」留吉發出低吟，這個他就知道是什麼了。「一打裝呢……嗯……」

「你別傻了，留吉。」多喜說。「又不是一個晚上要用完的。」

「行李就這些嗎？」佐太郎環視整個房間。

其他三個人的視線也跟著轉了一圈。這是個沒什麼裝潢的房間，本來佐太郎就對繪畫、書法沒什麼興趣，剛開始一年四季還會配合季節更換壁龕裡的掛軸，但自從對經營旅館失去鬥志後也就懶得更換了。壁龕裡掛的畫軸，這四、五年來完全沒換過。那是一幅富士山的水墨畫，題著「蝸牛，慢爬富士山」的詩句，落款寫著「一茶」。老闆佐太郎當然很清楚那是贗品，因為那是他跟商人花三百圓買來的，畫框的油漆都已經剝落了。

「她的皮包呢？」志乃低聲問。

「我記得她出門的時候，」佐太郎回答，「好像沒有帶在身上。」

留吉在那一瞬間站了起來，走向陽台。陽台右邊的牆壁上掛著一個相框，裡面是岳幟祭的照片。三年前的祭典，旅館工會舉辦了攝影比賽，佐太郎把當時的入選作品要來當成裝飾，骯髒玻璃下面的照片都已經開始褪色了。

可是吸引留吉目光的不是照片本身，而是裝著照片的相框背後所藏的白色東西。

他踮高身體摸索相框後面，拿出一個白色的皮包。

「哎呀。」志乃發出感嘆的聲音，「留吉，你簡直就像魔術師嘛！」

「哪裡的話，」留吉苦笑著說，「我只是想應該就是藏在那裡吧。」

他自己就是背著太太將錢藏在相框後面的。他們家的相框裝的是皇太子陛下的結婚紀念照，他認為那是丈夫藏私房錢不會被太太發現的最佳場所。因此，他之所以能夠找到皮包，完全是基於他的實際經驗。

皮包在四個人的面前打開了，可是沒有找到任何特殊的東西。粉餅、口紅、衛生紙、梳子……全都是常見的東西，零錢包裡只有四個一百圓和三個十圓的硬幣。

「四百三十圓。」留吉說：「連付旅館的錢都不夠。」

「大概是指望男人付吧。」多喜雖然這麼說，志乃卻無法認同。她想，那個女人是因為皮包藏到暗櫃時被發現了，所以才改將東西藏到相框後面的，這個動作應該有什麼特別的意義。

志乃說：「這裡面說不定還有其他東西。」

「什麼東西？」

「比方說，寶石什麼的。」

「不會吧？」

「不然錢也可以。而且不是小錢，是好幾十萬……」

「那些錢到哪裡去了？」

「那個客人帶出去了。」

「為什麼？」

「因為害怕呀。就算將皮包藏起來還是會擔心，所以出門時就把錢……」

「搞不好是毒品呢。」佐太郎說。「那個客人今晚其實跟同行的男人說好在這裡交易。」

「結果男人後悔了，」留吉接著說。「不，也許他一開始就計劃好了，當女客人到車站和男人會面，男人卻說今晚得馬上回去，反正理由隨便他編。他要求必須立刻交易，但要避開別人的耳目，車站不太方便，於是他約女人一起走出車站。地點他應該早就想好了，不是神社後面就是觀音廟前的廣場，旁邊就是雜草叢生的免費停車場。好，到這裡就行了，男人拿到毒品後，假裝要交錢，雙手卻伸向女人的脖子……」

「留吉！」多喜尖叫著，「你夠了沒，少在那裡胡說八道！」

儘管嘴裡罵他胡說八道，但他的說法卻充滿真實感，因為此刻就發生了更不可思議的事。四個人都悶不吭聲，沉默地各自膨脹著自己的想像。

佐太郎看了一下手錶，已經過了十二點，看來不用懷疑，應該是出事了。

「總之，」佐太郎說，「先去派出所報案吧。」

多喜吞了一下口水點點頭，然後對志乃說：「我看妳今晚還是住在這裡吧。」

「那就不好意思了。」志乃安心地點了點頭。從這兒到她家有兩公里的路，外面的暗夜裡彷彿潛藏著什麼似的，她不想一個人回家。

這就是相染屋到鹽田町派出所通報住宿客人行蹤不明前的經過。

雖然已經是深夜了，派出所的巡警還是立刻向上級的上田警署請求支援。

上田署認為事態嚴重，因為前一年的案件也還沒解決，說不定是同一兇手所為，因此要求鄰近各署進行特別搜索，並請地方消防隊員幫忙。

第一次的搜山行動是在十七日清晨，他們從包圍著溫泉街的山腳下，翻遍雜草樹叢一路搜索到山裡。當濃霧中清晰浮現襯衫、長褲沾滿露水的眾人身影時，太陽已經升起了。另外一隊人馬，則是沿著相染川進行搜索。

中午過後，旅館工會的員工也加入搜索行列。這些人之中，沒有人認為女人還活著。這也難怪，他們對去年的案件還記憶猶新，因此這次搜索大隊的行動目標可以說是發現「屍體」。

刑警們著手調查女人離開相染屋後的行蹤，沒有找到目擊者。的確那一夜的溫泉街很冷清，可是連最後一班列車的下車乘客也沒人看到那個女人，事情就有點奇怪了。

那個女人沒有去車站嗎？如果沒有，就表示她應該是「走到」其他地方去了。這一條穿過山腰的坡道，右邊是傾斜的桑樹林，一直延伸到雜草叢生的山腳下；左邊是比較平坦的田地，到車站之間零星散落著幾戶新蓋的房子。直到走到車站前的大馬路為止，都是一條沒有分岔的路。

沒有人聽見尖叫聲，也沒有人聽見說話聲，女人就這樣莫明地失蹤了。

一如預期，登記簿上記載的住址沒有「坂田千世」這個人。上田署請東京的神田署調查，他們在那天上午便打電話回覆說：「你們問的住址沒有這個人。」

警方也調查過附近所有的計程車行，還是沒有任何線索。剩下的假設就只有一個了。女人會不會是被開車前來的男人給帶走了呢？

但是，這個假設有很多問題，因為沒有人知道男人的長相和年齡。說他開車，也是毫無根據的推測，甚至連他開的是卡車還是三輪車，也無從判斷。

有問題還不只這些。

男人是否有共犯呢？

共犯是男是女？

還有，「坂田千世」是被殺了再載走屍體呢？還是仍然活著？

甚至再疑神疑鬼一點，這件事還可以反過來思考。

也就是說，兇手其實是「坂田千世」，同行的男人可能是被害者，這種假設也可能成立。

說不定，被帶走的其實是那個男人才對，「坂田千世」假裝自己是被害人，殺死男人之後逃跑了。沒有目擊者，是因為她非常地小心翼翼。

這些想法都是從女人留下來的東西推理出來的。

那就是紅色襯衣和保險套，還有裝著化妝品的皮包，手錶和項鍊都沒有留下。

會不會女人一開始就打算要逃亡，所以才住進相染屋？

刑警們心中充滿了無數的問號。

二十日傍晚，世田谷警署傳達了東京地檢署檢察官千草泰輔的指示給縣警總部，要求協尋失蹤的坂口美世。這項指示下達到日本國內各縣的警署，已是晚上八點以後。

長野縣上田署偵查主任一看見這個通知，便睜大了眼睛。

「喂！」他環視著辦公室大喊，「查到那個消失的女人的真實身分了！」

4

兩名刑警和幾位警察聚集在主任的辦公桌前。

「已經找到了嗎？」刑警邊咳邊問。「是什麼樣的女人？」

「就是她。」主任出示通知的內容。

「坂口美世，二十九歲，她一定就是從相染屋消失的女人。」

「原來如此。」一名刑警點頭說。「坂口美世就是坂田千世嗎？」

「人啊，在用假名時，」主任說，「因為沒有時間多想，所以不是更改自己部份的名字，就是從朋友姓名、或關係深遠的土地名稱中找尋靈感。這就是明顯的例子。」

「外觀好像也很符合。」

「沒錯，皮膚白皙、身材纖瘦的美女，身高也跟打工的歐巴桑說的一致，連眼鏡的特徵也一樣。」

「可是她失蹤時身上穿的衣服，資料上面寫的是不明。」

「大概是衣服太多，所以報警的丈夫也不知道是哪一件吧？」

「失蹤日期是？」

「坂口美世在十六日下午兩點四十分之前好像都在家裡，而且有人證。之後則是搭乘了第三信州的列車，我記得那班車開到上田站是……」

「晚上八點二十八分或九分吧。」

「然後改搭八點四十五分的車到別所，抵達溫泉街的時間是九點一分。相染屋說她到旅館是九點半左右，時間上也很一致不是嗎？」

「可是……」一名刑警說，「就算一致，也可能只是偶然。」

「你是說兩人是不同的人嗎？」

「坂口美世在東京失蹤了，然後跑到別所溫泉來又失蹤了。她有什麼必要失蹤兩次呢？」

「必要？」

「說是理由也可以。」

「這個嘛……我認為第一次失蹤是美世自己的意思，而在別所失蹤則非她所願。」

「你是指這份通知上提到的不明男人囉？」

「除此之外，沒有其他可能。」

年長的刑警插嘴說：「我就是對那件大紅色襯衣有意見，打工的歐巴桑也說那個女人看起來不像是會穿那種衣服的人。」

「可是最近不是很流行那種東西嗎？」

「才不，像我老婆就打死也不會穿。」

「她多大歲數了？」

「五十一吧。」

主任聽了噗嗤一笑。

「如果她真的穿了，反而倒人胃口吧。」

這句話說得大夥兒都笑了。可惜當時沒有人發現兩名刑警的意見觸及了某一項重要的事實。大家的笑聲分散了所有人的注意力。

「總之，」主任等到大家都止住笑之後說，「與其在這裡議論紛紛，不如早點讓她丈夫確認那個女人留下的東西。立刻聯絡東京世田谷警署。」

「要傳喚坂口秋男嗎？」

「不用。」主任搖頭，「我們派人上東京去。我要知道世田谷警署是根據什麼來推定有遭到綁架的可能性，同時也想知道這個姓名年齡不詳的男人跟坂口美世有什麼關係。目前美世生死未卜，必要時說不定還會聯合搜查。」

主任說完後便呼喚在場的年輕刑警，「牧田，雖然辛苦，但是可能要麻煩你搭夜車到東京去，我會先打電話通知世田谷警署。你回來時順便幫太太買件紅色襯衣吧……」

這時主任的語氣顯得很輕鬆，或許是因為現實情況中還沒有出現「屍體」，而且保險套和襯衣的組合，也讓整個案件充滿了情色的聯想。

5

二十一日。

那一天，千草檢察官快中午才進辦公室，一坐到桌前便攤開大筆記本，並點了一根菸。

從昨晚到今天早上，檢察官一直忙得暈頭轉向，坂口美世失蹤的事剝奪了他的休息時間。她失蹤的相關訊息還塞在檢察官的腦子裡沒有整理，此時有必要重新釐清一番才行。

〈七月十五日〉

坂口美世從T銀行的普通活存帳戶裡提領了三十萬圓，然後對櫃檯的服務人員說要出去旅行。

〈七月十六日〉

藝苑社的收發人員牧民雄受坂口之託送棋盤到他家，不久一名男子來到廚房跟美世交談了一陣子，牧民雄沒有看到那名男子。兩點四十分，牧民雄離開坂口家。

過了十點後，坂口帶著藝苑社的同事回家，進屋後發現美世失蹤。廚房的小黑板上留下了三個0。

〈七月十七日〉

美世娘家的女佣阿德嫂來坂口家幫忙，同時美世大哥也過來探望，建議不必把事情鬧大，再等一陣子看看。坂口請阿德嫂看家，自己則到介紹人家中商量，對方也給予相同的意見。

〈七月十八日〉

坂口在晚報上刊登廣告，使用只有美世才看得懂的比才和舒曼之名。牧民雄卻了解該廣告的意義，似乎是美世曾經告訴過他。

〈七月十九日〉

早報也出現同樣的廣告。

〈七月二十日〉

牧民雄向野本刑警告知美世失蹤的消息，坂口則向世田谷警署提出失蹤人口協尋。當晚在坂口家美世的衣櫥裡，發現了用血畫著三個0的桌巾和沾滿血跡的指紋。檢驗結果還沒有出來。

〈七月二十一日〉

長野縣上田警署的刑警來到東京，帶來十六日晚上於別所溫泉消失的女人的遺留物，坂口證實為美世所有，但對紅色襯衣表示一無所知。

〈附記〉

被認為和美世失蹤有關的津田晃一下落不明。

檢察官寫完要點時，電話鈴聲響了。

「我是內原。」電話中的聲音報告。他是科學搜查研究所[註2]的年輕技士。

「噢，昨天晚上辛苦你了。有結果了嗎？」

「原則上是出來了。」

「血型是？」

「O型，和坂口美世的血型一致。」

「和坂口美世的一致？你怎麼會知道她的血型？我記得我們詢問坂口時，他表示不知道妻子的血型是什麼……」

「不是有個女佣嗎？」

「你是說阿德嫂嗎？」

「她好像是美世娘家的佣人，就是她告訴我美世的血型是O型的。以前阿德嫂動過什麼手術時，美世曾經輸血給她。當時，美世好像說過自己是可以捐血給任何人的O型，我剛剛也打電話到她橫濱的娘家確認過了。」

「可是……」檢察官說，「光憑這樣是不能將美世和那些血跡連結在一起的。」

「當然。因為日本人有三成以上是O型，而且坂口也是。」

「你說什麼?!」

檢察官頓時說不出話來。那麼，那麼，那些血跡也有可能是坂口的？

「喂？您怎麼了？」

「沒有，沒事。可是你又是怎麼知道坂口的血型呢？」

「我偷了他的菸蒂。」

「偷了什麼？」

註[2]同台灣的「刑事鑑識中心」。

「我拿了他的菸蒂，從唾液檢測出他是O型。我想或許能做為什麼的參考。」
「從血跡來看，能推測流出多少血液嗎？」
「這個嘛……雖然沒辦法說出正確的量，但是應該沒有很多才對，頂多是手指頭稍微受傷的程度吧。」
「沾上血跡已經幾天了？」
「很難說，我想應該有五、六天了吧。」
「接著是指紋的部分……」
「噢，那是美世的指紋。」
「你又是怎麼知道的？」
「因為有美世完整的指紋。」
「你們有她的指紋紀錄？」
「怎麼可能，」電話中傳來笑聲。「是世田谷的三葉幼稚園。」
「幼稚園？」
技士說明情況：「是這樣的……」
昨晚技士接到檢察官的電話後就趕到了坂口家。由於檢察官指示「不能太過張揚」，因此在現場調查血跡的，就只有他、世田谷警署偵查主任和檢察官三人。
一連串的調查結束後，只剩下技士留在美世的臥室。檢察官和主任將坂口叫到別的房間詢問發現桌巾的前後始末。

技士正在採集指紋時，阿德嫂進來了。阿德嫂好奇地看著技士的動作，然後說何必那麼辛苦，三葉幼稚園裡就有太太的指紋。

三葉幼稚園每次招收新學童，都會請母子在特製的紙板上捺上手印。看見幼兒的小手和媽媽的手印排在一起，總是令人會心一笑。

等孩子升上國中後，這些手印卡就會當成紀念品送給學童。手印是一種成長的紀錄，因此這項溫馨的紀念品十分受到家長的好評。

阿德嫂說，去年車禍過世的小少爺也讀過三葉幼稚園，那裡應該還留有那張手印紀念紙板吧。

檢察官問：「那張紙板還在嗎？」

「在呀，而且還按照年份保管在不鏽鋼製的檔案櫃裡，我說明完情況後就借回來了。我把它跟從美世寢室及棋盤下面採集來的指紋做比對，結果完全吻合，所以斷定沾滿血跡的指紋是美世的。」

「你應該好好謝謝阿德嫂才對。」

技士笑著說：「我從以前好像就很有老女人緣。對了，其他還有什麼問題嗎？」

檢察官說：「那條桌巾上面畫著三個0，那也是『美世的手指』寫的嗎？」

「不知道，因為測不出指紋。」

「謝謝，我要問的就是這些了。」

電話便到此結束。

檢察官在筆記本的最後又追加上兩點。

A、坂口夫婦的血型都是O型，血跡確定是美世的。

B、沾滿血跡的指紋也確定是美世的。

寫完後，檢察官抬起了頭。

「山岸，」檢察官問道，「究竟這三個0代表什麼意思呢？」

「這個嘛……」事務官側著頭思考，「如果只是兩個0，我可能還知道。」

「怎麼說？」

「首先是坂口美世失蹤了，所以目前她的存在等於0，而且從那時候起，津田晃一也下落不明，換句話說也變成了0。如果是兩個0的話，我或許還能理解……」

「可是0有三個。」

「如果又有人消失的話……」

「你覺得會嗎？」

「我希望不會。」事務官回答。

6

天黑之後，野本刑警才走進地檢署的辦公室，粗大的脖子上全是汗。檢察官不禁好笑地想著，這個男人不管什麼時候都在流汗。

「你流了好多汗。」

「因為我急著過來。」刑警拉張椅子坐下。「連兜襠布都濕了。」

「什麼兜襠布，你還在穿那麼古老的東西啊。」

「還不是學我老爸的。而且他還不說兜襠布，而是說陸尺。因為攤開來就是六尺長嘛。」

「你不穿內褲嗎？」

「不行，那種東西怎麼能固定男人的中心呢。而且兜襠布是武士的必備品，發明人是細川越中守忠興，所以又叫做越中……」

「我知道了。」檢察官舉起手制止他說下去。「那麼，你來找我有什麼事？」

「就是那個嘛。」刑警探出身體說。「關於津田晃一的下落。」

「找到人了嗎？」

「沒有。」刑警搖著頭。「我昨天去了那傢伙住的公寓，管理員說最近都沒看到他。我在津田的房間裡找到很多酒吧的火柴盒，於是今天改變方針，利用這個線索一家家地問，可是每一家店都說最近沒看到他。」

「最近是指什麼時候？」

「這就不清楚了，倒是中野區有家叫做『花束』的酒吧，那裡的媽媽桑說十五號晚上津田好像有到她的店裡去過。」
「是嗎?」
「那一天是媽媽桑的生日,為了慶祝,當晚每個來客都免費招待一瓶啤酒。媽媽桑說,當時津田好像說他的生日也是同一天……」
「嗯……」
「『花束』的客人多半是畫家或小說家,沒什麼名人,偶爾會出現幾個電視、電影的小演員,津田也是那裡的常客。」
「他是去看明星的嗎?」
「或許是吧。不過令人意外的是,不管哪一家酒吧,大家對津田評價都很好。換句話說,他非常受歡迎,每家店至少有一個女人迷上他。他經常住在不同的女人家,拿對方的錢找樂子,實在是個讓人又嫉又羨的傢伙。」
檢察官說:「這樣的男人卻有好一陣子不再出現在有女人進出的店裡,是嗎?」
「很奇怪吧。所以有家酒吧的媽媽桑還恨恨地說,他肯定是找到了一個很棒的女人,這會兒正在愉快地享受呢。」
「不管如何,」檢察官說,「我希望能找到津田的下落。我會聯絡一課的大川警部,說我暫時需要借你的腳來幫我追查。」
「只要借腳就夠了嗎?」刑警說。「腦袋也可以借你哦。」
「你願意借嗎?」

「願意啊。」刑警將手伸向事務官的桌子，拿起喝剩的冰茶一飲而盡。「我來這裡之前就先去了世田谷警署，那裡算是我的老家，那裡的刑警知無不言，言無不盡，不但告訴我坂口美世出現在別所溫泉，還讓我看了她留在那裡的物品，然後我發現了一個重要的事實。怎麼樣？現在開始我就要借腦袋給你了。」

「你接著說下去。」

「看到坂口美世的遺留物時我嚇了一跳。不但有件奇怪的襯衣，甚至還有防彈背心。」

「防彈背心？」

「就是套子啦。雖然那怎麼看都是很色情的組合，但是未免也太戲劇化了。據說坂口也表示沒有看過那件襯衣。」

「嗯……」

「對了，那件襯衣，檢察官聞過了是什麼味道嗎？」

「沒有，上面有灑香水嗎？」

「怎麼可能，別說是香水了，連穿過的體味都沒有。換句話說，是全新的。既然坂口家沒有，就代表是美世離家後買的。」

「大概吧。」

「那件新的襯衣放在男用襯衫的紙盒裡，根據旅館服務生的說法，好像是揉成一團放著。不管是在百貨公司或精品店買的，都不可能將東西揉成一團放進盒子裡。這究竟是怎麼一回事？答案只有一個，那個盒子是用來裝其他東西的。」

「其他東西？」

「女人一到夏天就跟沒穿衣服一樣，兩隻小腿整個露出來，胸口整個敞開，從後面看過去，就像一塊布纏在身上一樣。那個盒子裡面裝的應該就是那種洋裝。也就是說，盒子裡面放的是洋裝，那件襯衣則揉成一團跟盒子包在一起……」

「然後呢？」

「女人一到旅館後便脫下套裝，換上盒子裡的洋裝，再套上旅館的浴衣，空盒子就改塞那件襯衣。然後到了十點，女人說要去車站便出門了，等確定路上沒有行人後，便脫掉旅館的浴衣，反正底下穿了一件洋裝，浴衣就用報紙包起來。如此一來女人的服裝完全不一樣了，接著拿下眼鏡，重新整理髮型，變裝便完成了。搜索隊找的是穿浴衣的女人，可是到哪裡也找不到這樣的女人啊……」

「那麼女人到哪裡去了？」

「接下來該換千草先生思考了。可能有共犯事先預備好車子，或者她已經先租好了車子。就算開車經過搜索人員的面前，大家也只會以為是附近的女孩。要從別所溫泉消失的方法多得很。」

「你……」檢察官聲調拉高了。「你是說那個女人不是坂口美世嗎？」

「沒錯，那些留下來的東西和皮包肯定是從美世那裡搶來的。」

「也就是說，」檢察官直視著刑警的臉，「美世已經不在人世了嗎？」

「大概吧。」刑警也回應著檢察官逼人的視線。

檢察官說：「那個女人為什麼要演出這麼複雜的劇情呢？」

「因為有必要讓別人以為，十六日晚上十點坂口美世還活著吧。」

「那會是誰呢？」

「不知道，但應該是必須讓美世在十六日晚上十點之前還活著的某人吧。」

「山岸，」檢察官呼喚正在認真聽兩人對話的事務官，「幫我打電話給世田谷警署。」

「找他們是什麼事呢？」

「問問他們有沒有將美世的照片交給上田署的刑警帶回去。」事務官正要伸手拿電話時，檢察官又說了。

「看來我們不只要借用野本刑警的腳，連鼻子都要借了。」

「你想借什麼全借給你。我可是四肢健全、五感敏銳的人呢。」

事務官打電話到世田谷警署，確定牧口刑警已帶著美世的照片搭乘晚上十一點二十分的急行「第二志賀」回去長野了。

「十一點二十分的車？」檢察官驚訝地說，「牧口刑警不是今天早上四點四十七分才到達東京的嗎？結果十一點又回去了？」

「世田谷警署也勸他留下來休息一下，他本來也打算如此，可是閒聊之際，卻突然站了起來，一副好像臨時想到什麼急事似地說要借美世的照片，便坐著警車趕往即將發車的上野車站。」

「真是個好男人！」刑警說。「那傢伙一定會成為好刑警的。這下子我的女婿人選又多一個了。」

「你那六歲的女兒嗎？」檢察官笑了笑，接著又立刻說。「山岸，幫我連絡上田警署，我有事要拜託野本的女婿。」

7

東京和長野縣上田市之間開始了即時通話。

對方的偵查主任說明「牧口兩點左右回來後又立刻前往別所去了，剛剛才回到辦公室」的這幾句話，經由事務官的聽筒傳到了檢察官耳裡，然後那位主任把牧口找了過來。

「喂，牧口，東京的千草檢察官找你。」

「是牧口刑警。」事務官將話筒交給檢察官。

「我是千草。」檢察官說。「今天早上辛苦你了。」

「哪裡，承蒙您的關照。」電話中的聲音聽起來很年輕。「請問有什麼事嗎？」

「我有些事想請教你。」

「請說。」

「相染屋之後還有很多客人嗎？」

「完全沒有。聽老闆娘說，大概是受到這個失蹤案的詛咒吧，一個客人都不肯上門了。」

「那麼，坂田千世住的岳之室，之後有客人住進去嗎？」

「沒有。」

「這樣的話，我想麻煩你一件事。」

「什麼事？」

「我想請你採集岳之室和相連的陽台上的所有指紋。」

「所有指紋嗎？為什麼？」

「所有留在室內的指紋都要，你可以立刻去辦嗎？」

「檢察官，」對方雀躍地表示。「關於這一點，我剛剛才將報告快遞給您。」

「快遞給我？」

「是的，應該明天中午左右會到吧，其中應該有檢察官想要的東西才對。雖然我文筆不好，不過我還是敘述了自己的意見，請您過目一下。」

「我很期待，那麼關於這個案件，今後還請多多幫忙。」

放回話筒後，檢察官說：「野本，到時候牧口刑警和你女兒的婚禮，一定要找我當介紹人啊。」

「當然好。」刑警高興地笑著說。「這可是我未來二十年的期待呢。」

山岸事務官不知跑了幾次收發室，才終於在隔天中午過後，將好不容易寄到的快遞送到檢察官桌上。

大型信封的封面，用著像印刷字體般的文字整齊地寫上地檢署的地址和檢察官的名字。

「等好久了。」檢察官像是用搶的一樣從事務官手中拿走信，立刻拆開。

「簡直就像是在等情書一樣嘛。」事務官笑著說。

今天早上承蒙諸多關照，還來不及道別，便已趕回警署，請原諒我的失禮。

事實上，今早在世田谷警署確認完「坂田千世」的遺留物之後，閒聊之際突然看見署裡貼有坂口美世的照片，我知道這是都內各署聯絡用的照片，但是心中卻閃過一絲疑惑，為了想立刻解開這個疑惑，便十萬火急地趕回上田了。

我的疑惑跟出現在相染屋的「坂田千世」有關。

那一夜，我接到派出所的電話後，便立刻到相染屋查問。

當時因為才剛要開始進行搜索，所以很自然地便詢問「坂田千世」的服裝、長相。首先問的對象是掌櫃留吉，他完全沒有見到「坂田千世」。

接著是老闆佐太郎，他說：「客人說要到車站去，經過櫃檯時我曾看見她，她好像剛洗過澡正在用毛巾擦頭髮，所以沒看清楚她的臉。」由於他跟「千世」說話時，對方已經走出玄關，因此也只看到了背影，總之就是老闆幾乎都沒看到對方的臉。

老闆娘多喜表示：「因為做生意需要，所以通常第一眼會先觀察客人的裝扮。我才正在想，她的套裝好漂亮呀，來幫忙的志乃已經將拖鞋擺好，我還來不及打聲招呼，客人已經往裡面走了。我只是一邊看著她的背影，一邊心想真是個漂亮的太太。」多喜針對我的詢問，只能形容是個「戴著眼鏡，很漂亮的人」，而無法明確地說出「千世」的容貌。

來幫忙的志乃有比較多觀察「坂田千世」的機會。

從皮膚白皙、纖瘦、橢圓型眼鏡、髮型等，她對「千世」的描述似乎詳細許多。但再問到眼睛大嗎、鼻子高否、嘴型如何、睫毛如何等問題時，就幾乎無法說明了。這是有理由的。

因為「坂田千世」是邊用手帕擦汗邊走進相染屋的，在櫃檯裡的多喜也是因為對方手拿手帕的關係才看不清楚她的臉。

女人一進入房間後就坐在陽台上，和人在客房的志乃隔著一段距離交談；加上陽台並沒有電燈，女人又經常看著窗外，因此志乃看到的只是那個女人在黯淡光線中的半張臉而已。

志乃第二次走進客房時，女人是踩在茶几上，面對著衣櫥而站，所以又是以背影示人。接下來她又走到了陽台，始終背對著志乃說話。

前面寫了這麼多，是希望能呈現出從頭到尾都沒有任何一個人正面注視過「坂田千世」的臉的事實。

皮膚白皙、纖瘦、橢圓型眼鏡，這些特徵和世田谷警署所看到的照片幾乎完全一樣，但同時類似這種長相的女人應該到處都有吧。事實上，我到相染屋查問時曾拿出美世的照片給在場的志乃看過，她覺得很像，卻不能斷定。在志乃的記憶中，「坂田千世」的長相是很模糊的，在警方不斷地詢問之下，志乃開始逐漸修改她的記憶。我認為這也是人情之常，無可厚非。

「坂田千世」和坂口美世是否是不同的兩個人呢？這是我目前所抱持的單純疑問。

那麼，為什麼那些遺留物會是美世的呢？還有，「坂田千世」為什麼要假扮成美世呢？

疑問很多，但首務之急必須先解決「坂田千世」是否是坂口美世這個基本問題。這個問題如果不解決，其他的疑問就毫無意義。

有沒有什麼方法可以解決這個問題呢？我首先想到了遺留物上的指紋。但是既然那些是美世的東西，上面有她的指紋也不足為奇。

所以，我需要的是「坂田千世」的指紋。但是哪裡有她的指紋呢？想到這裡時，我才猛然驚醒。

「坂田千世」將皮包藏在陽台上的相框後面之後離去，而相框的位置很高。

就女性的身高來推測，如果不踮高，手應該是搆不到的。因此她必須一隻手扶在牆上或相框上來支撐身體。所以上面可能會留下她的指紋。

而且這個皮包之前是想放進暗櫃裡的，由於她打開暗櫃的門時被志乃看到，於是她將皮包收回，並關上了暗櫃的門。也就是說，她的手兩次碰到了暗櫃的門，所以那上面應該也有她的指紋。

我一回到署裡，便立刻趕往相染屋要求檢驗。包含在相框、暗櫃門上的所有指紋，都採集下來附在這封信裡。

貼在紙板上的十八個指紋中，如果沒有跟坂口美世相同的指紋的話，這個「坂田千世」和坂口美世就是不同的兩個人。若是相反的情況，便可確定「坂田千世」就是坂口美世。因此可能要麻煩您盡快拿去跟坂口美世的指紋進行比對，並請告訴我比對結果。

最後敬祝　工作順利，職位高升。

讀完後，千草檢察官臉上浮現激動的表情。

因為，他心中也是這麼想的！

文章很冗長，文字也有些拙劣，但是牧口的思考卻掌握了一個重點，而且和野本刑警的想法相通。

「山岸！」檢察官指著那個信封說。「立刻將這個送去科研，那裡有坂口美世十個指紋的完整紀錄，我要馬上知道比對的結果。」

事務官拿起信封往外走時，檢察官拭去了額頭上的汗珠。

比對結果很快地出來了。

科學搜查研究所的技士打電話通知檢察官。

「比對結果是坂口美世的指紋。」技士說。「根據原有的指紋分析，『櫃門板』是美世左手中指和食指的指紋；『相框玻璃』是左手拇指的指紋；『相框背後的木板』是左手食指、中指和小指的指紋。」

「我知道了，謝謝。」

電話結束時，檢察官陷入困惑之中。

「坂田千世」就是坂口美世，這已經獲得了科學的證明，鐵證如山。可是坂口美世為什麼要去別所溫泉呢？

然後，她在當地消失的理由又為何？

她等待的男人曾現身在車站嗎？

是活著？

還是死了？

一大堆的問號擋在檢察官的視線前方，而在視野的底層則浮現出紅色襯衣強烈鮮明的影象，然後跟三個血寫的0重疊，變成一股紅色的洪流侵蝕著檢察官的思緒。

8

同一天的中午。

三名就讀杉並區S私立國中的一年級生走在玉川水渠的河堤上，他們是好朋友。

S國中從昨天起便開始放暑假，三個人都帶著釣竿。

河堤兩旁長著高高的雜草，污濁的河水藏匿在草叢下面。

他們漫步尋找適當的垂釣地點。

「喂，我們還是去那邊吧。」其中一名國中生說。

他說的那邊，就是從他們的位置往右手邊看去約五十公尺外的一間小寺院。

寺院的名字是「秀峰寺」，完全沒有山號[註3]寶金山的氣派，是個信徒寥落的貧窮寺院，院中住持還在附近的高中任教。

寺院本身不大，院區卻不小，可惜不能像位於市中心的寺院一樣將土地賣給夜店當停車場。這個荒蕪的庭院幾乎已經成為孩子們的遊樂場了。

正殿後面是座小山丘，藤蔓、灌木交錯叢生，就連寺院也很難確定這片土地究竟是他們所有還是是政府的公有地。

國中生們說要去那邊，並非是要去寺院內，而是要到這個雜樹林立的山丘。大約一個星期前，他們曾在那附近撿到了六千三百圓的「鉅款」。

六張一千圓加上三張一百圓，對三名國中生來說是最好平分的金額。

他們各自在心中算出每人可分得兩千一百圓，然後心照不宣地相視而笑，將錢放進口袋裡。

那六千三百圓奇怪地分別掉落在兩處，外面沒有包任何東西，也難怪少年們要感謝這個沒什麼雨的夏天。

雖然同樣的幸運不可能發生兩次，但是嚐過甜頭的記憶畢竟不是那麼容易忘記的。

註[3]接在寺廟名之前的別稱，剛開始是使用寺廟所在地的山名，但是鎌倉時代之後，即使寺廟位於平地也會加上別稱，因而開始普及。因此這座寺院的全名是「寶金山秀峰寺」。

「再去看看吧？」

另一個少年點點頭，他們便撥開河堤的雜草走向通往寺院的小路。

「就是這附近吧！」一名少年以惋惜好夢般的眼神看著乾枯的地面說。

另一名少年回答：「也許被風吹到了草叢裡面也說不定。」

這時，另外的少年指著草叢說：「那是什麼？」

他手指著草叢中的一個地方。那裡的草似乎被割過，已經乾枯的樹枝和發黃的葉子高高地堆成一堆。

事後回想，他們在撿到鉅款的那天，這裡應該就已經有這個草堆，但是因為當時堆成一堆的枝葉還跟周遭的草地一樣青翠，因而沒有注意到。

一名少年飛腳踢開枯草堆，下面竟然出現一個略帶濕氣的土堆。

「裡面好像埋了什麼耶。」

「這裡是寺院，會不會是死人？」

「可是這邊又不是墓地。」

一名少年用腳踩了一下高起的土堆，感覺有些柔軟，上面留下了他淺淺的腳印。

他們來這裡玩耍時，從來沒看過有人來過這裡。今天他們還算是有目的而來，之前則根本只是偶然經過。

一名少年找來了一根木棒。

「要不要用這個挖挖看看？」

「搞不好會挖出奇怪的東西哦。」
「怕什麼。」
長長的木棒減低了他們的恐懼，國中生們站得遠遠地開始挖掘，木棒輕易地插進了柔軟的土堆。
「好怪，還軟軟的耶。」
「可能是埋著死貓或死狗吧。」
國中生們用力地挑起插進去的木棒前端，當土堆散開，一股惡臭衝鼻時，國中生們看見了一撮長髮和一張幾乎已經腐爛成肉塊的臉。
國中生們大聲尖叫，丟下木棒四處逃竄。雖然他們私吞了撿到的錢，但到底是膽小的孩子，立刻便上氣不接下氣地衝到派出所去。
這就是那個年輕男屍被發現的經過。

9

當天下午兩點左右，轄區所屬的杉並警署便設立了偵查總部。
總廳派出大川警部前往指揮。
屍體全裸，死者是以所有人類出生時的樣貌死去。兇手為了藏屍滅跡，將死者身上所有的東西都拿走了。

赤裸的屍體已經腐爛了，難以辨識容貌，唯一知道的是死者生前可能從事過勞力工作。

在屍體被送去解剖的同時，刑警們也開始以秀峰寺為中心展開調查工作。但是由於還不知道屍體的身分，刑警們似乎也失去了調查的焦點，加上秀峰寺位在後方山丘和玉川渠道河堤之間，非常荒涼，晚上幾乎沒有人跡，要想找到目擊者可說近乎於不可能的任務。

鑑識科在傍晚時分通知偵查總部解剖結果，接電話的是大川警部，對方則是曾見過面的松川法醫。

「首先說明死因。」法醫說話的聲音有種特殊的沙啞。「是使用砒霜毒殺，此外還驗出微量的安眠藥。」

「微量？」警部問道。「微量的話不就無法使人睡著嗎？」

「可能有些部分已經被人體吸收或是排泄掉了。」

「那麼死亡後經過多久了？」

「一個星期前後吧。」

「這說法太籠統了，不行。」警部明知強人所難，還是說：「前還是後，要說清楚！」

「反正不是剛剛才宣告死亡就是了。不過，我倒是知道日本有個人能很清楚地斷定死亡時間。」

「誰？東大的教授嗎？」

「兇手。」

「混帳！推估年齡呢？」
「二十歲以上，三十歲以下。」
「根據外觀判斷，有沒有什麼值得參考的？」
「他動過盲腸手術。」
「有沒有外傷？」
「沒有。沒有假牙，也沒有義眼。」
「什麼都沒有就對了。」
「就這些了，詳細內容到時請看書面報告。」
「別忘了幫我跟死者問好！」
語氣粗魯的電話交談就此結束。
看見回到總部的刑警們一臉晦澀的表情，警部自然能判斷調查結果如何了。

天黑之後，野本刑警回到了總廳。酒吧搜索之行毫無斬獲，讓他一臉倦容。為了尋找津田晃一的下落，他浪費了一天的時間。但是比起個人的疲憊，不能帶回可報告給千草檢察官的資料，才是讓他腳步沉重的原因。
「看來我們都一樣嘛。」先他一步回到總廳的大川警部，笑看著野本刑警的眼睛說。
「找到萬人迷的行蹤了嗎？」
「完全不行，那傢伙在十五日以後簡直就像一陣煙般地消失了。真是奇怪，這個沒有酒吧和女人就活不下去的男人，居然沒在任何一家店出現。」

「野本。」警部若有所思地看著刑警。「那傢伙是二十六歲嗎？」

「沒錯。」

「看過他的照片嗎？」

「有啊。我從那傢伙的相簿裡拿了一張回來，當然有事先跟管理員報備過。」刑警說著，從口袋中掏出一張3×5的照片。

大川警部的眼睛頓時發亮。照片中的人笑著，但警部看完照片後卻是一臉驚愕。

「野本！」他說。「這傢伙動過盲腸手術嗎？」

「怪了，酒吧『花束』的媽媽桑倒是曾提到過，這男人只有開刀割盲腸時沒跟女人亂搞。你認識這個男人嗎？」

「嗯，最近可能會越來越熟。」

「什麼意思？」

「中午在杉並的秀峰寺院內，發現一具埋在雜草叢裡的男屍。」

「也就是說，這傢伙是……」

「津田這個男人不是從十五日以後就不見蹤影了嗎？」

「沒錯。」

「死者死亡已經將近一週了。推估年齡在三十歲以下。有動過盲腸手術的疤痕，蓄著長髮……」

「主任！」

警部用力地拍了一下正要起身的野本刑警肩膀說：「沒用的，就算跟屍體面對面，整個外觀都已經變形了，還不如交給鑑識科去處理比較快。毛髮、血型，必要時可能還要採集指紋。立刻帶鑑識科的人到那傢伙住的地方去，需要的話就請管理員去認屍吧。」

10

驗屍結果在當晚十點過後出爐，秀峰寺院內發現的男屍確定是津田晃一。

儘管屍體已經腐爛，但多少仍然保有生前的樣貌，亞南莊的管理員證實了該具屍體是津田晃一。

野本刑警立即打電話到檢察官家報告此一事實。

「是這樣嗎？」聽完野本刑警的報告，檢察官無力地說。

「所以，」刑警說，「這一條線索斷了。」

「線索……？」

「也就是說，津田殺死坂口美世這個假設是錯誤的。我之前認為那傢伙是兇手，因此將津田當成嫌犯去搜查……」

「所以，你下一個要搜尋的兇手是坂口美世囉？」

「那就麻煩了。聽說美世確實去了別所溫泉，是嗎？」

「沒錯。」

「假設美世是兇手的話……」

「美世？可是她沒有殺死津田的動機啊。」

「有，她為了找出肇事逃逸的兇手，一直被津田牽著鼻子團團轉，還被騙了錢，甚至也可能被迫跟他睡過。後來當她發現津田根本是在鬼扯時，突然覺得自己好可悲，也沒有臉面對丈夫，於是決定殺死津田……」

「野本，」檢察官說。「你的推理有本質上的矛盾。」

「哪裡？」

「津田的屍體是在東京被發現的，兇手美世為什麼還有必要去別所呢？而且正在逃亡中的她，也沒有理由故意做出引人注目的行動。現在當地消防隊不是正在進行大規模的搜索嗎？難道你是說她一邊在逃亡，一邊又大喊著來抓我嗎？」

「問題是……」刑警說，「十六日下午去美世家的人是誰？只要能知道這件事，整個案情就能更清楚了。」

「另外，」檢察官說，「還有坂口家發現的血跡。」

「你是說那三個O嗎？」

「嗯，血跡的血型都是O型。已經知道津田的血型了嗎？」

「調查過了，他是A型。」

「果然不一樣……」

「你有什麼想法？」

「我本來想，那些血跡會不會是津田留下來的障眼法……，但如果他是A型的話就不可能了。」

「看來明天又要開始忙了。」

「聽說偵查總部是由大川負責指揮嗎？」

「千草、大川、野本的鐵三角組合，跟上次那個編劇家宇月悠一的案件（譯註：詳見《影子的告發》）一樣，我突然覺得整個人都變年輕了！」

「總之，」檢察官笑著說。「先去睡覺吧，野本。」

「那就明天見囉。」

「謝謝，辛苦你了。」

對話結束之後，檢察官仍然在電話前站了一會兒。

津田晃一的死亡跟美世的失蹤，是在哪裡產生交集的呢？

而且，檢察官走進書房後心想，人與人會產生交集，是否因為某種命運使然呢？

就因為津田晃一經過了車禍現場，才認識了坂口美世。這在漫長的人生旅途之中，只是個無法預期的偶然而已。偏偏這一個偶然，就讓他此刻躺在解剖台上……

可是，檢察官又想，造成不幸的原因並非只是因為如此。如果當時他的血型不能輸血給小孩，他其實就能直接離開醫院了。

基於他的善意，他在輸血的那一瞬間，便錯亂了人生的方向——想到這裡，檢察官發現一個令他心頭一震的事實。啊，他輕輕地發出一聲驚叫。

坂口夫妻的血型都是O型。

所以，兩個人所生下的小孩當然也應該是O型才對，這是科學印證過的不爭事實。

根據剛剛野本刑警所說的，津田晃一的血型是A型，A型不能輸血給O型，這也是無法動搖的事實。

檢察官攤開筆記本整理剛才的想法。

（ABO式）

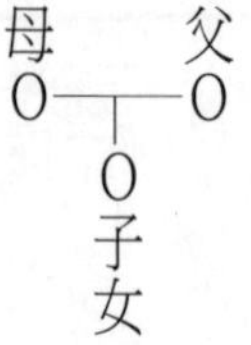

不可能生出A、AB、B型。

（輸血）

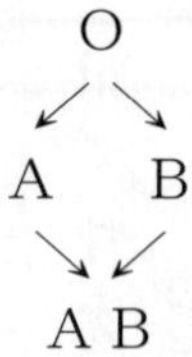

同種血型可以互相輸血。
O型只接受O型。
O型可輸給所有血型。

好可怕的想像，卻是不容置疑的事實。

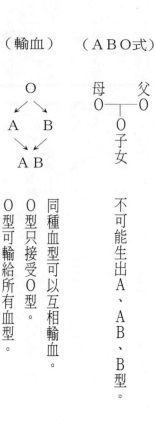

原來，坂口秋男車禍去世的小孩不是他的親生兒子！

假如他相信孩子是他的骨肉的話，那就表示坂口美世欺騙了丈夫。血的證據是任何人都否定不了的。

問題是，坂口他知道嗎？

檢察官認為他知道，在幫孩子輸血時，他不可能沒有機會獲知此一事實。

坂口秋男在那一瞬間，發現他過去深信不疑的妻子背叛了自己！

他發現自己深愛的兒子，根本沒有疼愛的價值，那是別的男人的種！

看來，現在必須用新的觀點來審視坂口美世的失蹤案了。

這個時候，閃過檢察官眼前的是那三個畫在白色桌巾上的O。

如今想來，那不正是三個O嗎？O型的父母所生下的小孩當然只能是O型，這是「他」所表明的強烈意志。

檢察官凝視著眼前的某一點。

「他」是要向誰表明自己的意志呢？

是美世嗎？

還是我呢？

津田晃一的屍體，讓這個案件急速地進入了新的階段。

第三樂章。紅色日記簿

1

（……芥川龍之介的隨筆集中有一篇《侏儒的語言》，當中提到「人生悲劇的第一幕，始自成為親子之時」。有人認為這句話純屬於文學家口中的諷刺警語，但是至少對我們法醫而言，是具有科學真實性的。

例如有一對夫婦，妻子生下了小孩，在這種情形下，女人絕對確信那是自己的孩子；但是做丈夫的就不一定那麼肯定了，他只能相信應該是自己的孩子。也就是說，所謂的父親只是法律上的存在，其立場是基於相互信賴才好不容易維持住的。

現在各位都笑了。但是覺得好笑的人之中，卻不乏有兩三位曾經在深夜悄悄地端詳著小孩熟睡的臉龐，心想這真的是我的小孩嗎？是誰播種讓這個小生命萌芽的呢？妻子和小孩都發出安詳的鼻息沉睡，「母子關係」不容置疑。可是對於站在一旁盤起手的丈夫而言，卻沒有方法可以斷定這真的是自己的小孩。

在此情況下，唯一的救贖就是只能相信妻子的忠貞。然而，再怎麼值得信賴的女性，也可能在惡夢般的瞬間被人奪去肉體。更何況身處在這個過於高喊性解放、性平等的現代，貞操的觀念已然落伍了。甚至這個名詞的意義，也產生了本質上的變化。就算女人的肉體留下數十名男性的足跡，也不至於影響夫妻生活；甚至還出現了「夫妻之間是正餐，其他場合是點心」的性關係論。看來丈夫懷疑小孩是否為親生的心情，實在不能一笑置之。就某些意義而言，這也是人生的悲劇。

根據《古事記》註[1]的記載，天孫瓊瓊杵尊和木花之開耶姬一夜交歡後，神姬便有了身孕。但是天尊認為不過才一次交歡，怎麼可能那麼容易受孕，便懷疑那不是自己的子胤。神姬憤怒地表示，既然你如此懷疑，那麼我就來證明給你看。神姬在海邊蓋了小屋，住在裡面，然後放火燒了小屋。她打算在小屋中待產，如果孩子是天尊的子胤自然會得救，反之則會被活活燒死。後來出生的孩子就是彥火火出見尊、火明命及火闌降命，這也是日本史上首次在火光中完成的親子鑑定。

當然這個方法沒有任何的科學根據，但值得注意的是，連神話的世界也有親子鑑定的問題，可見得對全天下的男性來說，那是多麼重要的一件事。

隨著時代的進步，親子鑑定逐漸增加了科學的色彩，其中之一稱為滴骨法，也就是將血液滴在骨頭上，如果是親生父子的話，血液會滲入骨頭裡。此外還有一種滴血認親法，是將兩者的血液滴在一起，若是親子關係，血液會相互融合。和今天的血型判斷法構想十分類似，不過以今天的知識來看，以上都是錯誤的方法。

無論是木花之開耶姬燒掉小屋的火光，還是滴在骨頭上的鮮血，都是「紅」的。這似乎是在說，想追究親子關係，就要致力探索「紅的真相」。

那麼，目前的親子鑑定又是如何進行的呢？眾所週知是根據孟德爾遺傳法，也就是檢驗父母和小孩的血型是否一致。日文常用「紅色的謊言」來代表天大的謊言，但經由血型判斷的親子鑑定卻能告訴我們「紅色的真相」。

只是我們的感嘆是，利用這種方法依然無法百分之百地確定鑑定結果。我們既不能斷言說「不是你的小孩」，也不能肯定說「確實是你的小孩」。說得極端一點，一個小孩可能存在著複數的父親！

這樣一來，連結父子關係的真相之鑰，就完全掌握在母親手中了……）

千草檢察官放下手邊正在閱讀的書本，點了一根菸。

「還不睡嗎？」檢察官的妻子從剛才已經站在書房門口不知問過幾次了。

「好。」每次都只得到敷衍的回應。

檢察官在家裡接到發現津田晃一屍體的電話後，便立刻走進了書房。他的妻子看著好幾個小時始終坐在書桌前無意起身的丈夫，不禁放棄地說：「我要先睡了，都已經一點了……」

「好。」

當腳步聲離開書房門口時，檢察官喃喃自語著：「坂口秋男也看過這本書……」

他注視著桌上的書，封面寫著《法醫夜話》，作者是著名的法醫學者，也是知名的散文作家。

一如書名，這不是本專業書籍，從裡面文章的標題「與屍體的對話」、「血型的故事」、「漫談毒殺」等，就能略窺一二。作者也在「後記」中強調，這本書是集結報章雜

註[1]日本現存最古老的史書，以漢字記錄了神話時期到推古天皇之間的歷史。

誌上的文章及演講稿而成的。

不過，這本書會引發檢察官的興趣，是因為它是由藝苑社出版，而且作者還在後記中寫了以下這段話。

「本書作者原則上冠上我的名字，但我所經手過的三千多具遺體也是共同的作者。他們既是我沉默無言的老師，也是我最真誠的協助者。此外我還要加入一個人的名字，就是藝苑社出版部部長坂口秋男先生。沒有他的盡心盡力，我的文章可能還散落在各處。坂口先生親自為我校正、費心設計封面的熱忱，讓我銘記在心……」

就是這段文字吸引了檢察官的注意。這本書發行的日期是去年十月，而坂口的小孩車禍去世則是去年十一月。

「坂口看過這本書……」檢察官重複了剛剛的那句話。與其說是看過，「親自校正」的他應該讀得更仔細才對！

檢察官對出版業所知不多，但是要出版一本書，應該會對同類書籍進行比較，慎重檢討內容，同時融入企劃者的興趣。坂口致力於出版這本《法醫夜話》，意味著他對這一類的書有興趣，並且精通相關知識吧。

儘管如此，在他家調查那條沾滿血跡的桌巾時，和檢察官同行的鑑識科技士問他：「請問您知道太太的血型嗎？」

「這個嘛……」他卻側著頭，語帶辯解地說，「因為平常沒什麼需要，所以就疏忽了。印象中我好像聽她說過……」

「那麼您自己的血型呢？」

「這個嘛……真糟糕，我對這種事一直不太關心……」他回答。

顯然他是在說謊。

當時車禍重傷的小孩需要大量輸血，他們夫妻不可能不提起血型的話題。更何況一個月前才剛出版過《法醫夜話》，他關心的重點自然會集中在血型上面，這難道不是人之常情嗎？

2

這是個沒有風的夜晚。

香菸的煙徘徊在書桌的紗窗前，然後緩緩地消失在夜色之中。時間已經是半夜兩點過後了。

檢察官的思緒在深夜中繼續運轉著。

接到野本刑警通知發現津田晃一屍體的電話時，檢察官詢問了津田的血型，那是因為他想到留在那塊桌巾上的血跡說不定是津田的。利用血來恫嚇對方，並不是稀奇的例子，像流氓就常使用自殘的方式恐嚇別人。津田想要帶走美世，而美世不從，他為了脅迫美世，便割傷自己的手指寫了三個0，威脅說如果美世抵抗的話就殺了她和坂口，自己也自殺，這三個0就代表三個人毀滅的命運。因而美世只好聽從津田的要求——檢察官原本是這麼想。

然而，這個假設卻因為津田的血型是A型而崩潰，甚至還因此發現了新的事實。

O型的父母生下的小孩接受了A型的輸血，這是不可能的事，但現實情況下卻發生了。因此，小孩和坂口之間沒有血緣關係已是不爭的事實。

小孩的父親必須是A型或是AB型才對！

這麼說來，檢察官心想，坂口秋男應該也和他一樣，是經過這條思路才發覺這個事實的吧？難怪坂口會刻意擺出一副對血型漠不關心的態度。

檢察官的想像繼續延伸。說是想像，其實比較像是空想，就像作家一樣地憑空捏造情節。

（會不會津田晃一才是小孩的親生父親呢？）

這個想像包含了很多意義，而支持這個小說般的空想的，則是血型的遺傳法則。

美世　津田　小孩

O×A＝A

換句話說，津田有可能是小孩的父親，這個事實不容忽視。

車禍發生當天，美世帶著小孩到丈夫的同事家拜訪。那是女眷間的交流，一個月彼此相約聚會一、兩次，不一定有什麼要事。然而，美世會不會利用這個機會做其他的事呢？

像是跟津田晃一幽會。與其說是幽會，不如說是一家三口避人耳目見面的日子。

那一天下著小雨。日暮黃昏的街上，不見什麼人影。小孩甩開母親的手跑了出去，剛好津田晃一經過該處。這是偶然嗎？說不定不是剛好經過，而是等在那裡，孩子是因為看到津田才跑出去的。

車禍就在那時發生了，津田一定是萬分驚慌。所以他抱著孩子衝到醫院，並自願輸血，不是出自一時的善意，而是身為父親的疼愛之情。

那個去世的小孩名字應該是叫做浩一吧。浩一和晃一，這個名字是否隱藏了美世特殊的情感呢？

檢察官點了不知是第幾根的香菸。

坂口美世失蹤、津田晃一被殺，兩個案件有一個共通的背景。這不是空想，而是確信。在那個背景之中，檢察官看見了坂口秋男悄悄躲藏的身影。

「好……」檢察官輕呼一聲站起來，大大地伸了個懶腰，他的身體硬得都跟木頭一樣了。

等到天亮之後，一定要讓這些空想趨近事實不可。

「千草、大川、野本的鐵三角組合嗎……」檢察官想起野本刑警在電話中說的話，不禁苦笑。野本的口頭禪是「兇手固然可惡，但案件是可愛的」。不知道他睡了沒有？

檢察官悄悄拉開臥房的紙門，沉悶的空氣中融合著淡淡的香味和體味。

檢察官的妻子在並排鋪好的另一個床褥中，睡得正香甜。她的睡衣領子有些翻開，微亮的檯燈光線淡淡地照著她白色的胸脯。

檢察官坐在床單上，入神地端詳妻子的睡姿。進入中年後，她變得豐腴了。雖然這讓她的肌膚更加白皙，並增添了滑潤的光澤，但是她緊緻的皮膚觸感卻只留存在檢察官的記憶之中。

「怎麼了？」檢察官的妻子閉著眼睛輕聲問道。

「妳沒有睡著嗎？」

「睡得不沉。幾點了？」

「快三點了。」

「睡覺吧，天都快亮了。」

她微微翻了個身，面朝著檢察官。洗過的頭髮隨意地用白色髮帶綁著，側臉看起來十分稚氣。

一時之間，檢察官腦海中閃過一個唐突的想法。

——如果我的妻子體內注入了其他男人的體液，她逐漸隆起的子宮裡孕育著跟我毫無關係的肉塊，那時我會殺死她嗎……？

3

那裡似乎是一間畫室。

坂口秋男面向中間的畫架，他穿著白袍背對檢察官站著。檢察官對繪畫一竅不通，並不清楚坂口面前的畫布是幾號的，只知道是一幅很大的作品。

（原來坂口也有這種興趣呀。）

檢察官走上前，從坂口的背後看著畫布。

——噢。

畫布上塗滿整片的灰色，中央畫著一個大大地張開雙腿仰躺的裸婦。

——那是美世。

野本刑警不知何時也進來了，站在檢察官的耳畔低語著。

——嗯。

檢察官點點頭。在灰色調的背景中，以更濃的灰色畫出的裸婦，就像是飄浮在空中的木偶一樣。但是由於那個裸婦臉上帶著一付橢圓形眼鏡，因此檢察官也認為那是美世的裸體畫沒錯。

——好奇妙的畫。

檢察官低語著。

——肚子像摔角選手一樣鼓鼓的。

——那是因為懷孕了。

——懷孕？為什麼美世會……？

檢察官不理會刑警的疑問。幹嘛要問答案這麼明顯的問題呢？

他們兩人交談時，坂口始終沒有回頭，只是默默地拿著刮刀將顏料塗在裸婦鼓漲的肚子上。因為只有那個部位塗著紅色，明顯的對比連外行的檢察官看了都覺得很不協調。鮮紅的顏色整個跳了出來，而且這一片紅色究竟是什麼，也令人摸不著頭腦。

——你在畫什麼？

檢察官站在坂口背後問。

——嬰兒的頭。

坂口不屑地表示。

——嬰兒？

——沒錯，嬰兒的頭正要從這傢伙的肚子裡鑽出來。

——你不覺得顏色太過強烈了嗎？

——你是說這個紅色嗎？

——是的。

——那是當然，因為我不是用顏料畫的。

——不然你是用什麼畫的呢？

——要我告訴你嗎？

坂口慢慢地轉身面對著檢察官，然後歪著嘴角冷笑了一下。

——就是這傢伙的血呀。

——什麼?!

——我貯藏了很多這女人的血，現在就是用它來作畫。
——你總算說實話了。
——那又怎麼樣？
——野本！
檢察官瞪著站在一旁發呆的刑警。
——還不快逮捕他，將他以殺害美世的嫌疑帶走。
——可是坂口並不在這裡呀。
奇妙的是，剛剛還站在眼前的坂口不見了。檢察官不禁慌了。
——被他跑了！還不去追，野本！
當刑警衝向門口時，畫布中的女人竟然緩緩地起身，跟隨突然又現身的坂口從檢察官面前揚長而去。
——慢著，坂口！喂，野本！
檢察官追了上去，遠遠地有人在呼喚他，然後聲音突然出現在耳畔。
「老公！」
檢察官輕輕地張開了眼睛。
「野本先生的電話。」
檢察官目光呆滯地看著正在端詳他的妻子。
「野本……？他人在哪裡？」

「他從杉並警署打來的，說有急事要跟你說。」

「知道了。」檢察官一邊回應，一邊打了個哈欠。原來剛剛是夢嗎？夢中的景象既無從說明，也毫無脈絡可循，卻又似乎暗示著潛藏在意識深處的另一種想像。檢察官無法回答究竟是什麼樣的想像，只好搖搖頭。為什麼我沒有叫住從畫布中走出來的美世呢？

「老公，野本先生說很急呀。」

「知道了。」

檢察官慢慢地離開被窩。不安穩的睡眠，讓他醒來後的心情有點糟。可是野本電話中傳來的聲音卻顯得明朗而興奮，想來他肯定睡得很好。

「終於查出津田晃一的行蹤了。那傢伙十五日晚上的確在中野的酒吧『花束』出現過……」

「是嗎？」檢察官重新抓好話筒問道。「是媽媽桑想起來了嗎？」

「不是，是店裡的女服務生……」

「你是說小姐吧？」

「這個嘛，她叫瑪麗子，是個土生土長的日本人哦。」

「那不重要。你是在哪裡見到那個女孩的？」

「就在『花束』呀。昨晚十點多確認了津田的屍體後，我決定再去中野的酒吧一趟。那時大概是快打烊了，只剩下五、六個小姐在。媽媽桑叫來一個女孩，說關於小晃的事這個女孩最清楚……」

「津田出現時是一個人嗎？」
「沒錯，這半年來他是『花束』的常客。」
「那就是說，最近津田辭去了打工的工作。那他上酒吧的錢是從哪裡來的？」
「這就是問題所在。那傢伙是從坂口的兒子去世之後才開始出現在『花束』的，我想美世就是他的金主。津田巧妙地利用戴紅色安全帽的男人當幌子……」
「關於這一點，」檢察官說，「我有其他的想法。不過你還是先告訴我十五日晚上的情況。」
「九點左右，津田來到『花束』。那一晚是媽媽桑的生日，幾乎所有的熟客都露臉了。津田點了威士忌，還幫瑪麗子點了調酒。可是因為客人很多，瑪麗子很快便轉檯了。當時，有個女人走向津田……」
「女人？是店裡的小姐嗎？」
「不是，是女客人。來過『花束』好幾次。」
「叫什麼名字？」
「白鳥千鶴。白色的鳥，一千隻鶴。」
「嗯……白鳥千鶴嗎？」
「你認識嗎？」
檢察官說：「我對這個名字有點印象，職業是什麼？」
「畫家，而且是幫兒童雜誌畫插畫。」

「插畫家嗎？不對，我應該是在別的地方看過這個名字，而且還是最近的事。」

「可能是電視吧，不然就是廣播節目。聽說白鳥千鶴也替流行歌曲作詞，去年還領過什麼唱片大獎。」

「也不對，應該是別的事情……」

白鳥千鶴是什麼時候進入他的記憶之中呢？他似乎快想起來了，卻又想不出來。

「總之，」刑警急著說下去，「白鳥千鶴一上前，津田在位置上舉起手跟她打招呼，千鶴便在他旁邊坐下。瑪麗子看到這裡就說自己要轉檯了。」

「這種情形以前也有過嗎？」

「好像是第一次。店裡的小姐說，過去從來沒有看過津田和千鶴說過話。」

「嗯……」

「而且，」刑警說，「他們兩人當晚還一起走出『花束』，這是坐在門口收銀台的小姐說的。千鶴付了兩個人的酒錢後，收銀台小姐隔著窗玻璃看見兩人一起離開。他們站在路邊好像在聊些什麼，津田對著開過來的汽車招手，將千鶴推進車裡，自己也搭上車。收銀台小姐看著汽車開走時，心中還冷哼一聲說好好享受吧。在這之後，就再也沒有看到津田了……」

「野本，」檢察官夾雜著咳嗽聲說，「千鶴的住址是？」

「不知道，不過有線索可以查。她得過什麼唱片獎，又是插畫家……」

「我想更了解白鳥千鶴，你快去調查！」

「你的腳，」刑警高興地表示，「現在正準備為你效勞呢。」

結束和野本刑警的電話後，檢察官又撥了地檢署的電話給山岸事務官。

「是我。」檢察官說，「我早上會晚點到。」

「津田的屍體找到了，是嗎？」

「你也聽說了？」

「早報上登了。只是這麼一來，順序就顛倒了。」

「順序顛倒？怎麼說？」

「我本來以為會先找到坂口美世的屍體，接著發現津田晃一自殺，這樣一切就都合理了。」

「結果兇手卻令你大失所望了嗎？不過關於這個案子，有件事要麻煩你立刻去調查。」

「什麼事？」

「坂口的兒子去年十一月因為車禍去世。」

「我聽說了。」

「從那孩子的出生年月日往回推算，我想知道美世受孕的時間，還有當時津田晃一人在哪裡。調查的目的是……」

檢察官說到一半，事務官便說：「我知道，是要知道兩人之間可能接觸的時間吧。」

「沒錯。」

「可是，那個小孩應該是坂口的孩子吧？」

「就法律上來說是的，可是我要知道的是真相。」

「事實有時候比小說還離奇呢。」

「如果是那樣就傷腦筋了……」

檢察官掛上電話後，便對廚房大喊：「喂，早飯呢？」

他的聲音並沒有不高興，看來睡意已消，身為檢察官的職業意識也全醒了。在面對新的發展前，檢察官再度對著廚房發出充滿氣魄的聲音：「早飯好了沒？我急著出門呀。」

他一屁股坐在餐桌前，桌上只有幾碟小菜和倒扣著的碗。

「早飯馬上就好了。」檢察官的妻子從廚房探頭出來說。

「我急著出門。」

「急到臉也不洗嗎？」

檢察官沉默地拿起報紙。他一邊很快地瀏覽了一下新聞標題，一邊準備起身時，突然輕喊了一聲「啊」，因為某個聯想瞬間喚起了他腦中的記憶。

（白鳥千鶴！）

在早報下方有個文學全集的廣告，當檢察官的視線掃過其中「豪華裝禎」的字眼時，白鳥千鶴的名字便浮現在腦海裡。

（沒錯！）

檢察官走進書房，從書架上取出《法醫夜話》這本書，翻開書頁，在目錄欄裡找到了「裝禎：白鳥千鶴」這排小字。昨晚他並沒有特別注意這個名字，但這個名字卻烙印在他記憶的角落。他一看到報紙廣告上寫著「豪華裝禎」，便想起了白鳥千鶴的名字。

檢察官在椅子上坐下來。

千鶴跟藝苑社有關係。

坂口秋男是那裡的出版部部長。

津田晃一於十五日晚上跟千鶴一起走出了酒吧「花束」，之後就再也沒有看到他活著的身影。

現在已知的事實只有這些，而這些又該如何跟津田被殺連結在一起呢？美世的失蹤又代表著什麼意義？

犯罪通常伴隨著戲劇性的要素，可以說是人生中的一齣戲碼。但是這類戲碼卻常因為導演（兇手）的主導，使得觀眾看不到前因和中間經過，而被迫直接觀看最後一幕。檢察官就是那個不幸的觀眾。

後台究竟發生了什麼事？

白鳥千鶴是主要演員還是路人甲而已？

真希望有演員名單，檢察官心想。

「怎麼了？」檢察官妻子在書房門口問道。「你好像又不急的樣子了。」

「嗯。」檢察官說：「有時候欲速則不達呀。」

4

用過早飯之後，檢察官發現自己的心境改變了。與其到偵查總部露臉，他決定不如直接去見坂口秋男。

當時，檢察官的腦海中漠然地描繪出一幅景象。在那漠然的景象中，浮現兩個模糊的人影——坂口秋男和白鳥千鶴。可是檢察官卻無法說明自己所想像的景象意義何在，看來又是一個跳躍式的念頭。

他換上西裝時，電話鈴聲響了。

「我來接。」

檢察官拿起了話筒，是世田谷警署的偵查主任打來的。

「這麼晚才跟您聯絡，不好意思。」主任說話的速度還是很快。「昨天晚上坂口秋男打了一通奇怪的電話來，說他遭竊的車子被人丟在距離住家三十公尺外的香菸攤前面。雖然車子是回來了，但他覺得這個惡作劇實在太惡劣，所以還是決定報警。」

「嗯……也就是說坂口曾經報案說他車子失竊囉？」

「沒有，因為坂口說他自己也不知道車子被偷了。」

「可是他的車子不是都停放在家裡嗎？」

「沒錯。」

「這樣他還是沒發覺車子被偷了嗎？」

「應該是吧。」

「開什麼玩笑！」檢察官笑了出來。

「我們也覺得不可思議。」主任說。「剛剛我們的刑警已經去了解狀況回來了。」

「結果呢？」

「聽了坂口的說法，就會覺得他沒發現一點都不奇怪。」偵查主任說完這句話後，開始說明刑警的報告。

前往調查的是一個叫做和倉的年長刑警。

「請進，這邊走。」坂口一看到刑警，便帶他到屋後的車庫去。

坂口家佔地相當廣大，馬路在房子東側，和北側的小巷垂直相交，他家就蓋在這個角落上，由大谷石砌成的圍牆劃分出屋子的範圍。

「這就是車庫。」坂口指著圍著三面牆的低矮建築物說。屋頂是彩色鐵皮，車庫前有捲門。

刑警問：「那個捲門有鎖嗎？」

「有，但平常都沒上鎖。」

「為什麼？」

「因為沒有必要。捲門開關時會發出很大的聲音，車子發動時也一樣，所以就算是半夜也不可能趁著我們不注意將車子開出去。」

「可是你的車卻被偷了。為什麼你沒發現呢？」

「因為捲門關著的關係，直到昨天晚上，我都以為車子停在車庫裡，當然現在車子也在裡頭。」

坂口說完後便打開了捲門。車庫裡停著一輛四人座的日野 Contessa 1300 Coupe，塗上金屬漆的車身在陽光下閃閃發光，十分美麗。

坂口認為他的車是在十五日以後被偷開出去的。因為美世在十四日下午曾開車回橫濱娘家，直到十五日上午才回來，這項事實後來經由住在坂口家的女佣阿德嫂口中亦獲得證實。

坂口平常上下班都是搭電車，一個月裡頂多開一、兩次車，而且只限於星期天。美世有七年的開車經驗，坂口則是去年八月才考上駕照。美世似乎不太信任丈夫的開車技術，平常都是她在打理車子。

十六日那天，他回到家時已經是晚上十點過後了。一方面因為喝醉，又因為美世失蹤而心神不寧，根本無心想到車子的事。

「所以說……」刑警問道，「十六日以後，你完全沒有靠近車庫一步囉？」

「沒錯，因為我太太失蹤的關係，我的心情始終無法平靜下來。在這種狀態下開車是很危險的。」

「你曾想過要開車嗎？」

「有。十七日我要到介紹人家裡去時，原本打算開車去，但是因為害怕發生車禍，還是改搭計程車。當時如果開車去的話，應該就會發覺車子被偷了……」

他的車子是在昨晚十點半左右被發現停在附近的香菸攤前面。香菸攤的老闆打烊後正在抽菸休息時，聽見了停車的聲音。他原本以為是客人，拉開窗簾一看卻沒有人，只有一部車停在店門口。他心想，怎麼擋在這裡呢？便出門去看，發現車門開著，等了好半天就是沒人出現。他在車子裡找到行車執照，才知道是坂口的車子。

「當時，」坂口說，「我和阿德嫂正在看連續劇。香菸攤的老闆氣沖沖地跑來抗議我將車子停在他店門口，造成他的困擾，要我立刻開走。我聽了大吃一驚，趕緊到車庫去確認，果然發現車子不見了，才馬上跑去將車子開回來。」

刑警聽到這裡，便又到香菸攤一趟，確認了坂口所言不假。老闆說他聽見車子停下來的聲音，卻沒看見開車的人。

真是一件奇怪的車子失竊案！

「假如這是真的，」世田谷警署偵查主任在電話中繼續說，「那就有必要重新思考坂口美世的失蹤案。」

「也就是說，」檢察官說，「美世是開車前往別所溫泉的嗎？」

「沒錯，車子裡應該還載著另外一個人……」

「誰？」

「津田晃一。」

「嗯……」

「如果不開車的話，美世就不可能離開別所溫泉。」

「離開？」

「應該說是逃亡吧。」

「所以你的意思是說，殺害津田晃一的兇手是美世囉？」

「那是其中一個推測，否則無法想像會是誰將車子丟在香菸攤前面。美世跟津田一起去了別所溫泉，我想她是在車子裡面殺人的，大概是讓對方喝了下毒的果汁或啤酒吧。她將屍體藏在後車廂，到了別所溫泉的入口附近，先將車子停好，再配合電車到站的時間前往相染屋，這是偽裝自己是『被害人』必要的行動。之後，她說要到車站接弟弟，這當然是騙人的，只是她逃離相染屋的藉口。她一走出旅館，便直奔停車場開車，在隔天凌晨四點左右回到東京，然後在清晨或當晚將屍體埋在秀峰寺的後山。她身上帶著三十萬現金，足夠她躲在東京想好逃亡計劃。她會將車子丟在住家附近，就是因為她已經想好逃亡計劃了。」

主任一口氣說完。他口沫橫飛地在電話那頭敘述他的推測，可是檢察官卻不能認同，認為那只是一個理論基礎脆弱的想像而已。

檢察官說：「那的確也是一種角度，不過還有檢討的餘地。」

「我也是這麼認為。」主任的口氣忽然又變得謙虛了起來。

「總之，你的意見以及車子失竊的事，都請跟總部的大川說一聲。」

「是的，那就這樣了……」

結束很長的通話之後，檢察官更加確定要跟坂口秋男見面的想法。

而且，他還是很在意坂口居然沒有發覺車子失竊的事。

更何況這樁車子失竊案，彷彿就像是為了配合「發現津田晃一的屍體」這件事而發生的，這難道只是偶然嗎？

「我要出門了。」檢察官一邊穿鞋一邊交代。「如果野本打電話來，叫他中午到辦公室來一趟。」

5

野本刑警走在陽光熾熱的馬路上，行進之間心中想起自己剛剛在電話中回答檢察官的話：「你的腳現在正準備為你效勞」。這句話別人聽來也許覺得做作，但是檢察官應該能夠理解。長久以來，野本刑警便扮演著檢察官的雙腳，他也很滿足於這個角色。腳有腳的功能，他覺得很驕傲。假如檢察官不需要野本利三郎這雙腳了，那他也打算辭職不幹了。而如今，這雙腳正朝著白鳥千鶴住的公寓前進。

千鶴的住址很快便查到了，野本打電話到報社的文藝部請對方提供的。近年來報社對讀者的服務越來越周到，接電話的人態度親切，除了幫忙查出住址外，還告訴他白鳥千鶴去年榮獲唱片大獎的是香頌《夜的嘆息》的歌詞。

「請問您知道她的年齡嗎?還有白鳥小姐的籍貫……」話說到一半，對方已經掛上電話，看來服務也是有限度的。

野本刑警沒聽過什麼香頌（Chanson），有一次聽到年輕同事正在哼《愛你入骨》，他還因為問說：「那是某個火葬場的廣告歌嗎?」而被取笑

不過，野本刑警年輕時倒是流行Shan（香）的說法，意思是美女。超級美女就叫做「Tote-Shan」，只有背影能看的美女叫做「Back-Shan」。在吉原一帶還是妓女戶的時期，野本曾經一個人去見識過，但當時沒什麼錢，只能專挑小店。

「要玩的話，就要懂得挑小姐。與起挑Shan，不如挑Dote-Shan。」

「Dote-Shan?不是Tote-Shan?」

「Dote-Shan就是指那裡很棒的意思。」

老鴇說完後推薦的是年過三十，一臉蒼白的小姐。結果上床後刑警大失所望，那裡居然一根草也沒長，一如乾涸的平原一樣，景觀十分荒涼，刑警興味索然地度過一夜。如今那名Dote-Shan也成了老太婆，可能在某處靜享餘生吧……

刑警回想至此，眼前已來到白鳥千鶴所住的公寓門口。

目黑區綠丘××號。

野本刑警從口袋裡拿出記事本，比對了住址和公寓的名稱。

門口有各個樓層的指示圖，千鶴住的是二十三室，有專用的樓梯。這棟高級建築的地下室有專用車庫和置物櫃，對於看慣一般兩房兩廳公寓的野本刑警而言，這裡有股令人難

以親近的冰冷氣氛。

刑警拭去滿頭大汗，用力地深呼吸一下。

「那一晚的事，我記得很清楚。因為太不愉快了……」白鳥千鶴聽到刑警想要詢問關於津田晃一的事，說聲「請」，便讓刑警進入屋裡。兩人面對面坐下後，她立刻對野本刑警說出上述的話。她一雙美麗的腿交疊在一起，目光直視著刑警，看起來年紀約二十七、八歲。不過，也可能是因為人長得漂亮，所以看起來年輕。如果用刑警的語彙來形容，千鶴就是**Tote-Shan**。

「妳之前就認識津田嗎？」

「不認識。」

「可是妳常去『花束』吧？」

「是的，我很喜歡那家店的氣氛。工作之餘，我常常想到了就去坐一下。」

「津田也是『花束』的常客，我想你們應該常有機會碰面……」

「他這個人我是知道，可是一起聊天，那天晚上是第二次。」

「那天晚上——妳是指十五日晚上嗎？」

「是的。」

「妳和津田一起離開了『花束』之後，去了哪裡？」

「我實在是不想說，因為太令人生氣了……」

「可是還是必須請妳說。」

「那個人究竟做了什麼？」

「做了什麼？妳還沒看今天的早報嗎？」

「我才剛起床，昨天工作到很晚。」

「昨天下午津田晃一的屍體被發現了。」

「哎呀！」

「他被毒殺後埋在玉川上水附近的草叢裡，推測已經死了一個星期，而且從十五日以後就沒有人看過他。」

「……」

「妳在十五日晚上曾和津田晃一在一起，你們去了哪裡？『花束』的小姐目擊到你們兩人一起搭上了計程車。」

「我知道了，」白鳥千鶴神情緊張地說。「我說。可是我想對你的偵查應該沒什麼幫助……」

確切的日期她已經忘了，應該是這個月的中旬。

那一夜，白鳥千鶴跟往常一樣在工作忙完之後前往「花束」，一邊和媽媽桑聊天，喝了兩、三杯的「高球」後，離開酒吧大約是十點左右。她有車，但除非工作上有急事，平常是不開車的。因為整天都坐在書桌前，走路對她是一種樂趣也是必須的運動。

「白鳥小姐！」她來到國鐵的車站附近時，後面有人叫她。回頭一看，一個年輕男子正對著她微笑。

「我常常在『花束』裡見到您，剛剛我也在店裡，因為一直都想找個機會跟您聊聊，所以想趁今晚這個時機……」男人說到這裡又改口，「我忘了先報上姓名。我姓津田，是昭和文科大學的學生。」

「你好……」千鶴只好跟他點頭致意。

「是這樣的，最近我們有一群人組了一個『詩歌會』，很希望能聽聽您的意見……」津田如此說明。

詩歌會的宗旨在於研究唱片界的流行歌曲。為了提高流行歌曲低俗的品質，首先必須從詞的部分著手。在流行歌曲界，作詞家的地位總是比歌手和作曲家矮了一截，或許是因為作詞家出賣了身為詩人的靈魂，而淪為文字的工匠的原因吧。我們的活動就是要喚回現代流行歌曲所遺忘的「詩性」，而榮獲唱片大獎的《夜的嘆息》成功地實現了我們的主張……

津田語帶熱情地訴說著，態度也很誠懇，給人的整體印象也很規矩正派。

兩人並肩走在一起。

「我們還打算發行會刊，創刊號上務必請您發表一篇文章！」

「如果不嫌棄的話，」千鶴說，「我可以寫點祝賀的文字。」

「您方便的話，不如到我熟悉的店繼續坐下來聊聊吧？」津田開口邀約。

「可是我今晚還有工作要忙。」

「是嗎？真是遺憾，那家店很好玩的。」

「那就下次再去吧。」

「明天還能見到您嗎？」

「我明天起要出去旅行。」

「什麼時候回來？」

「大概是十五日吧，到時也許能在『花束』見面。」

「我很期待。」

千鶴和津田在車站前分開。她對津田第一次見面的印象不錯，覺得他很爽朗，也頗有好感。

6

「然後，」野本刑警一邊記錄千鶴說的話一邊問，「十五日晚上，妳就到『花束』去找津田了嗎？」

「才不是呢。我早就忘了那個男人的存在。因為工作太忙，連旅行也取消了，好不容易忙到那天晚上告一段落，我才出門去透透氣。」

「結果津田在那裡等著妳囉？」

「我去的時候並沒有看到他。」千鶴回答。「我跟媽媽桑聊了一個小時後，正準備回家，便看見他一個人坐在隔壁包廂。因為視線對上了，他又舉起手跟我打招呼，我只好上前跟他聊了一下。」

「你們聊了些什麼？」

「一些有的沒的，比方說『詩歌會』的定位啦、唱片業界的內幕等等。」

「之後你們兩人便一起離開了吧？」

「是的。」

「你們去了哪裡？」

「他說，」千鶴說，「他朋友的姊姊開了一家音樂咖啡廳，拜託他介紹我給他們認識，我只要露個臉，大概五分鐘十分鐘就行了。」

「店名是什麼？」

「地點呢？」

「不知道。」

「說是在澀谷，我心想就在回家的路上，便答應他去待個十分鐘就走，於是就跟那人一起離開了『花束』。」

津田一攔下計程車便把千鶴推進去，然後湊在司機耳邊說了去處，卻不讓千鶴聽見。車子才一開動，她就覺得醉意來得很快。她一共才喝了三杯的高球和津田請的白蘭地，應該不至於喝醉才對。當她驚訝酒意發作得太不尋常時，津田的手已經抱住她的肩膀。

「住手！」
她試圖推開，但津田很執拗，一股酒臭味飄過她的臉頰。
「放開我！」
「有什麼關係嘛。今晚就讓我聽聽妳的身體發出夜的嘆息吧。」
津田的牙齒咬著千鶴的耳垂，口水都滴濕了她的脖子。
「司機先生，停車！」千鶴大叫，但司機卻連頭也不回一下。事態已經很明顯了，肯定剛剛津田已經跟司機說好了什麼事。
「停車！再不停車，我要大叫了！」
「好呀，我還沒聽妳唱過歌呢。這下子周刊報導的記者會很高興的，白鳥千鶴要改行當歌手了。」
這句話讓千鶴喪失了抵抗的意志。絕對不能讓飢渴的媒體看到這一幕，有沒有什麼好方法可以逃出這男人的手掌心呢？
「好吧。」千鶴故意用輕佻的語氣說，「如果你答應我不亂來，我可以陪你一個晚上，可是我不要一個人陪你。」
「為什麼？」
「我有個朋友，是個很有趣的女孩子，可惜當歌手就是不紅。」
「找那個女生來做什麼？」
「大家一起飲酒作樂呀，橫濱有我認識的酒吧。」

「真無聊，我只想跟妳兩個人快活。」

「比起一個人，兩個人不是更過癮嗎？一張床不一定只能睡兩個人吧？」

津田吞了一下口水，撫摸著千鶴胸部的手稍微停了一下。

「那女孩沒問題吧？」

「什麼意思？」

「她習慣玩那種的嗎？」

「我倒是懷疑你有沒有自信呢？」

津田說：「那女孩住哪裡？」

「澀谷的大和莊公寓，就在廣播中心旁邊。」

「喂！」津田大喊，「變更目的地，先開到澀谷的廣播中心去。」

津田的手再度在她的胸部遊走，反正是無可避免的了，她索性裝出媚笑誘惑津田。

「討厭，好玩的留到待會兒再說嘛。」

車子抵達大和莊，車門一打開，千鶴便伸出右手甩了津田一個響亮的耳光。

「妳幹什麼?!」

「篠原先生！」千鶴對著大和莊二樓的窗戶大喊。窗戶打開了，服務於S唱片公司文藝部的篠原先生的太太探出頭來。

「篠原太太！」千鶴又大喊。

「快走！」津田推著司機的肩膀，罵了一句「可惡！」，便搭著車子走了。

「怎麼了，白鳥小姐？」篠原太太從二樓衝下來。

「那部車……」千鶴指著在街燈中疾駛而去的車輛背影說。「差點要把我帶走了。」

「總之，妳先上來再說吧。」

篠原太太攙扶著千鶴走上樓梯。

一進屋裡，千鶴便崩潰地跌坐在榻榻米上，壓抑住的醉意也全跟著一湧而上。

「篠原太太……」她說，「麻煩妳，我今晚可不可以留下來？」

「當然好，我先生今天晚上出差，我正希望有人陪我聊天呢。」

可是千鶴哪有氣力聊天，她衣服也沒脫便鑽進篠原太太的被窩裡，整個人睡死了。

千鶴說：「我所知道的就是這些，能提供你們什麼參考嗎？」

「的確是沒有。」刑警難掩失望之情。「我們想知道的是，津田晃一之後去了哪裡。」

「那我就不知道了。」

「妳還記得車號嗎？」

「不記得，因為我實在醉得太厲害了，我猜想津田應該是在那杯白蘭地裡摻了藥吧。」

「也許吧，那個男人一向都是在酒吧裡混的。」

「可是他給我的第一印象還算不錯，沒想到他竟然是那種人！」

「那是他的絕活，津田算是天才型的登徒子。」

「登徒子？」

「就是搭訕女人，然後騙財騙色的男人。」

「我被他盯上了嗎？」

「因為妳長得太漂亮了。」

刑警的表情十分黯然。

假如白鳥千鶴說的是真的，那麼她就不在嫌疑之列。當津田叫來的車子載著他直奔「死亡」之時，千鶴正在大和莊的某個房間裡沉睡。究竟車子的前方有誰在等待著他呢？

刑警發出無力的聲音問：「能告訴我那間公寓的住址嗎？」

7

當野本刑警從冷氣十足的白鳥千鶴屋裡，再度走到陽光強烈的馬路上時，檢察官正坐在藝苑社的會客室和坂口秋男面對面交談。

聽說這家出版社營運狀況不錯，不過他們的辦公室卻不怎麼氣派。會客室的牆壁立著訂做的書架，展示出版社的作品。書背上的色彩成了唯一的裝飾，或許也帶有宣傳的效果吧，只是房間又小又熱。

「不好意思，在這種地方……」坂口帶著歉意對檢察官說。天花板上垂吊的電風扇發出遲鈍的轉動聲。

兩人的交談就在風扇的聲響下進行。

「發現津田晃一的屍體了。」檢察官先開口。

「噢……」

「關於這一點，有些問題想問你。」

「什麼問題呢？」

「你認識白鳥千鶴嗎？」

「認識。」坂口驚訝地表示。「可是白鳥小姐跟這個案件有關係嗎？」

「有沒有關係我不知道。津田晃一十五日晚上出現在中野一家名叫『花束』的酒吧裡，當時白鳥千鶴也在那裡。他們兩人一起離開了『花束』之後，就再也沒有人看到過津田。對津田而言，十五日是他的最後一夜，我們對那一夜跟他一起行動的白鳥千鶴很感興趣。」

「應該是弄錯了吧？很難想像白鳥小姐會跟津田那種流氓學生交往。」

「簡單來說，白鳥千鶴是什麼樣的女性？」

「畫家，同時也是詩人，擁有豐富的才華。我們有好幾本書都是請她幫忙裝禎的。」

「年齡呢？」

「大概是二十七、八歲吧。」

「單身嗎？」

「是的。」

「關於她的家人、朋友，如果您知道什麼……」

「這個嘛……我也不是很清楚，只聽說她的故鄉在信州，哥哥經營一家大醫院。」

坂口的話自然流暢，表情沒有特殊變化，提起白鳥千鶴的名字並沒有造成他的不安，這讓檢察官的期待落空了。

「千草兄，」坂口低聲問道，「關於美世的行蹤有沒有新的消息呢？」

「該做的我們都做了，但是沒有任何新發現。」

「所以說，美世現在是生死不明嗎？」

「是的。總之，從別所溫泉之後，就完全找不到她的行蹤了，搜索行動確實是遇到了瓶頸。」

「是嗎？」坂口咬著嘴唇沉默了好一陣子，終於才又低聲地說，「我覺得美世好像回東京了。」

「回東京？」

「昨晚我的車被丟在住家附近的香菸攤前。」

「我聽說了。」

「一開始我以為是有人在惡作劇，可能是什麼車迷臨時起意開出去玩。對於車庫沒上鎖的疏忽，我有所反省；但就是因為思考鎖的事，我發現了一個重要的事實。」

「什麼事？」

「我確實沒有鎖上車庫，但是我的車子一定有上鎖。」

「說的也是。」

「因此……」坂口停頓了一下，原本低垂的目光往上一抬，「知道汽車鑰匙藏放的地方的，只有我和美世。」

「嗯……」

「車子是美世開走的，她昨天晚上又開了回來。千草兄，美世她還活著，至少她人還在東京附近。你可以立刻派人去找嗎？美世現在正在跟絕望戰鬥著。」坂口的語氣顯得異常激動。

「我知道了。」檢察官說。「你在想些什麼我也能想像得到，但是嫂夫人跟絕望的戰鬥應該已經結束了。」

「你是說美世會自殺嗎？」

兩人的視線在半空中交會了一下。在那短暫的凝視深處，檢察官的臉頰浮現一抹微笑。

「為什麼你對嫂夫人的想像總是那麼灰暗呢？」

坂口說：「昨天，我看到晚報上報導說發現津田的屍體了，心中就有一股不祥的預感，結果晚上車子就被丟在外面。所以，我的想像當然會傾向灰暗吧。」

「坂口先生，」檢察官說，「剛剛你說，你從晚報上看到津田的屍體被發現……」

「沒錯，我記得晚報上說屍體是在昨天中午找到的。」

「沒錯，但是那具屍體已經腐爛，根本無從辨認死者的身分。一直到晚上十點過後，我們才確定那是津田晃一。」

「……」

「而且，他的名字是在今天的早報上公佈的。但是你在昨天就已經知道那具身分不明的屍體是津田晃一了？」

「不……我只是很自然地那麼覺得。因為報導中說是長髮、年輕男性，所以我就想到了津田……」

「這也是常有的事。」檢察官微笑地點頭說。「我們也常常因此產生失誤。對了，我想跟你們收發室的牧民雄見個面，問他一些關於嫂夫人失蹤前的情況。」

「好的。」

走出房門的坂口很快地又折了回來。

「真不巧。」他說。「小牧好像出去辦事了。」

「那麼，」檢察官起身說，「這兩、三天裡我會再來拜訪。」

走出藝苑社時，檢察官發現自己的心情十分激動。

他還無法確定白鳥千鶴和坂口之間有什麼關聯，就算有關聯，目前看來也只是虛線而已，並非實線。但是今天的來訪有些成果，接下來就要聽聽野本刑警的報告了。

檢察官舉手攔下開過來的計程車。坐進車裡後，他拿出了記事本。

（一）坂口秋男知道昨天在秀峰寺後山發現的不明男屍是津田晃一。

（二）那一晚，他報案說失竊的車子被棄置在自家附近。

（三）他提出汽車鑰匙的問題，強調除了美世以外沒有人能開那部車。

（四）其中（二）和（三）是為了讓偵辦小組認為那是美世逃離別所溫泉的方法，並暗示（一）的犯案可能是美世所為。

（五）他還暗示，因為津田的屍體被發現，走投無路的美世可能會自殺。

寫到這裡時，檢察官低聲說了句：慢著！

不管怎麼說，美世十六日晚上不是出現在別所溫泉了嗎？

上田署的刑警和野本刑警都推論那是偽裝成美世的別人，然而留在相染屋的指紋則粉碎了這個想法。

此外還有牧民雄的證詞，他在十六日下午和美世聊到兩點四十分，當時坂口一步也沒有離開過出版社，一直跟同事一起行動。十點過後回到家，也有兩位同事陪著。這時，美世已經從別所溫泉消失了。

從十六日下午到十七日上午，坂口和美世之間隔著一段難以拉近的空間。他絲毫沒有碰到妻子一根手指的機會。他的不在場證明又該如何呢？

關於津田被殺的案件，不但還無法確定犯案的時日，就連犯案現場在哪裡也無從推論。就這個案子而言，追究不在場證明毫無意義。對於犯案的兇嫌來說，一旦沒有物證，法律是寬大的。唯一的期待是，白鳥千鶴會如何說明那一夜的行動。

計程車停在地檢署前面。

「辛苦了。」

檢察官一下車，便抬頭仰望在強烈驕陽下灼燒的地檢署大樓，水泥牆面的反光十分刺眼。

檢察官向著水泥牆走去。

8

檢察官走進他的辦公室時，山岸事務官拿著好幾張筆記坐到他面前。

「不行。」事務官劈頭便說。「檢察官的推理不對。」

「嗯？什麼推理？」

「就是尋找生父的那個呀。」

「那個啊。怎麼樣了？」

「首先是出生年月日。」事務官看著筆記說。「那孩子是在昭和三十五（1959）年一月四日出生。」

「也就是說，美世受孕是在那十個月前囉。」

「那是外行人的想法。」事務官笑了。

「不對嗎？」

「不對。懷孕時的一個月是以二十八天來計算，也就是說，從最後一次月經的第一天起算到第兩百八十天生產。」

「嗯。」

「但是，實際受孕通常是在最後一次月經週期後的兩週，也就是說，真正的孕期是兩百六十八天左右。」

「真是令人驚訝。我記得你的履歷表上明明寫大學是主修法律……」

「哪裡，這是我在鑑識科現學現賣的知識。以這個數字往回算，美世懷孕應該是在三十四（1958）年的四月十日前後。」

「原來如此。」

「津田晃一是昭和十五（1939）年三月八日生，換句話說，美世懷孕那一年他剛滿十九歲。」

「十九歲已經是成熟的男人了。」

「可是津田生於北海道札幌市，警視廳請當地警方調查他的資料，回報結果剛剛才送到。聽說他家裡開了一間小文具店，在津田於昭和三十八（1962）年來東京之前，從沒離開過北海道。這是他父母說的，應該沒錯。此外，聽說他父親也馬上要到東京來了。」

「可是，」檢察官說，「美世或許有機會到北海道呀？」

「這個我也調查過了。美世於三十四（1958）年四月三日結婚，也就是說結婚一個星期左右便懷孕了。才剛結婚一個星期，她怎麼可能丟下新婚的丈夫跑到北海道去？」

「坂口確定不是小孩的親生父親，津田也不是。那麼美世的對象在哪裡？」

「知道答案的人只有美世吧？」

「只有美世嗎……」檢察官低語著。突然，他呼喊事務官：「山岸！」

「怎麼了？」

「有沒有可能津田晃一也發現了這個事實？」

「這倒是很有可能。車禍當天，他應該有機會在醫院聽到坂口夫婦的血型。」

「沒錯，我竟然疏忽了。由於最近推理小說很盛行，一般的法醫常識也變得很普遍，津田應該多少有涉獵才對。」

「但是這麼一來，」事務官說，「害怕、憎恨津田的人就是美世了，坂口秋男沒有殺人的動機。」

「嗯……這個想法還是不行嗎？」

就在檢察官這麼說時，野本刑警大喊著「不行啊」，邊挪著肥胖的身軀來到檢察官面前。

9

「白鳥千鶴那天晚上的確跟津田晃一一起離開了『花束』，可是半路上她就脫逃了。」

「脫逃？」

「也就是說……」刑警拿出筆記本，將上面記錄的千鶴的說法說給檢察官聽。

「嗯……」聽完後，檢察官的臉上浮現失望的神色。「這條線索也斷了嗎？」

「總之千鶴說的是真的，我順便又到澀谷的大和莊公寓繞了一下，任職於唱片公司的篠原的太太證實了千鶴的說詞。」

「是哪一型的車子呢？」

「據說是黑色的中型車，但是這種車少說也有上千台。」

「所以說，千鶴當晚是住在大和莊囉？」

「沒錯，她說一直到隔天早上她都睡得像個死人一樣。」

「如果她能記住車號就好了……」

「就是嘛。當篠原太太聽見千鶴大叫，從二樓窗戶探頭出去看，便聽見津田在車裡大罵可惡，她嚇得立刻就把頭縮了進去。雖然她後來很快地衝下樓，但車子已經開走一段距離了，根本看不見車號。」

「山岸！」檢察官呼喚事務官。「雖然不抱什麼希望，但還是聯絡交通組試著追查這輛車的下落。」

事務官拿起電話時，檢察官又說：「我剛剛去見過坂口，白鳥千鶴也接過藝苑社的工作。」

「畫畫嗎？」

「不，是書籍的裝禎。坂口似乎很看重千鶴的才華。」

「真是奇怪。」刑警說。「這個案子出現的幾個人好像都有某些關聯，仔細一查卻又斷線了。」

「就是啊。究竟這個案子的主導者是誰？難道會是我們所不知道的神祕人物X，正站在舞台邊等待上場的機會嗎？」

「至少千鶴不會是主角，她只是單純的路人而已。」

檢察官告訴野本他在思考坂口那樁奇妙的汽車失竊案和血型問題時，所產生的一連串想法。

「真是令人驚訝！」刑警打從心裡發出詫異的叫聲。「那麼，坂口在小孩出生後的五年間，始終相信他是自己的親生兒子？而美世都裝作若無其事的樣子……」

「因此當他知道真相時，不難想像會有多憤怒。」

「女人……」刑警說，「真是難以捉摸的惡魔啊。」

「你和那樣的惡魔倒是生了好幾個小孩呢。」

「不過才四個，可是我卻不知道是不是都是我親生的。」

「要不要做血液鑑定啊？」

「這是什麼世界呀！」刑警發出情何以堪的聲音。

10

那一天，檢察官忙著閱讀其他案件的紀錄，一直到日落黃昏。

夏天的太陽正要開始西下時，檢察官開口叫道：「山岸！」

「好久沒跟你喝一杯了。」

「好呀，去哪裡？」

「就辦公室附近吧，走太遠也麻煩。」

「那就去『甚兵衛』，好嗎？」

「好，那裡除了洋酒之外，什麼都有得喝。」

「要先跟府上聯絡一下嗎？」

「嗯，麻煩你了。」

事務官在通知過檢察官家裡後，好像也打了電話回自己家。

「嗯，沒事的。我和檢察官在一起，只有我們兩個。」說完他將話筒伸到檢察官面前。「不好意思，麻煩一下。」

「幹什麼？」

「不在場證明呀。」

「不在場證明？」檢察官反問，但立刻便理解了。

「喂？我是千草。」檢察官將嘴湊到事務官手上的話筒。

「您好，我先生承蒙照顧了……」

「今天晚上會晚點回家，妳先生能否暫時借我一用？」

「當然可以，請用。」

電話在三人的笑聲中結束。

檢察官喝著酒，腦子裡卻有某個部分很清醒。明明是他自己說要忘記工作，結果案件卻成了下酒菜。

「你剛剛說，」檢察官一邊幫事務官倒啤酒一邊說，「坂口秋男沒有殺害津田的動機，是嗎？」

「是啊。」

「也就是說，有動機的人應該是美世才對。」

「因此津田才會遇害。」

「簡單來說吧，」檢察官拿起杯子，「我們先回想野本的報告。十五日晚上，津田在『花束』邀了千鶴，然後打算帶她上飯店或是旅館。可是她卻很聰明地逃脫了，津田的車就從那裡消失在澀谷街上的燈火中……」

「……」

「津田晃一之後去了哪裡沒有人知道，對津田而言，這也是突發狀況。他是慌忙逃走的，接著要到哪裡肯定是在奔馳的車中臨時想到的。那麼，美世怎麼會知道津田在哪裡呢？」

「這一點坂口也是一樣。」

「沒錯。也就是說，十五日晚上，他們兩個都沒有機會能夠設計殺害津田。」

「那麼如果是十六日做的案呢？千鶴逃脫之後，津田在某處過了一夜，十六日出現在坂口家。換句話說，犯案現場是在坂口家。那個叫做牧民雄的少年聽見了津田來訪的聲音。」

「可是，沒有證據證明那是津田。」

「也沒有證據說那不是津田。」

「你是說，兇殺發生在牧民雄回去之後嗎？」

「應該是吧。美世將屍體藏在後車廂裡，並將車子開到了別所。所幸相染屋不是一間很熱門的旅館，她在那裡現身，讓別人以為自己被殺害，然後再開著車子回東京。津田的屍體在隔天晚上才埋在秀峰寺後山……」

「在那之後，美世呢？」

「當然是計劃如何逃亡囉，她身上有三十萬的現金。」

「山岸，」檢察官一邊打開新送上來的啤酒瓶一邊說，「這就是坂口的目的。」

「坂口的目的？」

「沒錯。世田谷警署偵查主任的想法跟你一樣。這也難怪，那是『最想當然耳』的推測了。可是那樣的推理存在著本質上的矛盾。」

「怎麼說呢？」

「當時坂口家只有美世一個人，她可以神不知鬼不覺地殺人，換句話說，這個罪行不會有人知道。只要屍體不被發現，就是完全犯罪，美世沒有逃亡的必要。」

「……」

「而且你認為三十萬能夠生活幾個月呢？死刑的時效是十五年，照理說坂口應該有不少的存款，假如她有意逃亡，三十萬又怎麼夠呢？」

「那麼，是誰開走坂口的車亂丟呢？」

「這就是問題所在。我個人認為是坂口自己，但我錯了。當車子停在香菸攤前面時，他和女傭阿德嫂正在看電視，所以必須考慮美世以外的人選才行。」

「為什麼就不能是美世？」

「美世已經死了，這點我很確信。坂口一開始就知道埋在秀峰寺的屍體是津田……」

所有的想法總是在某一點產生對立與矛盾。儘管檢察官確信美世已經死了，卻無法提出證據。坂口有難以動搖的不在場證明。

檢察官閉上眼睛。是否單憑對坂口本能上的不信任，就能斷定他涉案呢？

「不能太拘泥於自己的想法。」檢察官低語著。

「啊？」

「沒有，我是在自言自語。我正在想，不能因為太執著自己的推理，而防礙了別人，說不定你的推理才是正確的，也說不定有個沒在我們面前現身的神祕人物X存在。」

「比方說，那個戴紅色安全帽的男人嗎？」

事務官在檢察官的酒杯裡倒酒，自己則伸手抓了一把毛豆。喝酒還是檢察官比較厲害。

入夜之後，客人變多了，談笑聲在狹小的店裡迴盪著。隔著當中排放著桌椅的大廳，兩側各有一間三張榻榻米大的小房間。每一間都客滿了。

「千草先生！千草先生！」站在大廳中央的女服務生大聲呼喊，「有沒有一位千草先生呢？」

「我就是。」檢察官舉起手。

女孩走上前來。

「您的電話，是位野本先生打來的。」

「謝謝。」檢察官站起來說。「他還真會找呢。」

「大概是打電話到您家問的吧。」

「如果他在附近，就叫他一起來吧。」

女孩幫檢察官帶路。

「在這裡。」

檢官站在電話前面。

「是我，千草。」

「我是野本，你究竟人在哪裡？」刑警粗魯的聲音在檢察官耳邊響起。

「我在哪裡？」檢察官邊笑邊說。「你不是知道我在這裡才打電話過來的嗎？」
「別說那些有的沒的了，我是問你現在在做什麼？」
「喝酒呀，山岸跟我在一起。你要不要也一起來？」
「別開玩笑了！」刑警冷冷地說。「牧民雄死了！」
「什麼！你說什麼?!」檢察官一瞬間以為自己聽錯了。
「牧民雄死了，在公寓發現了他的屍體。」
週遭的光景瞬間傾斜了，檢察官在彷彿要昏厥的錯覺中用力地站穩了腳步。
「是他殺嗎？」檢察官壓低聲音問，畢竟店裡太多人了。
「不知道，根據現場的情況，也可以說是自殺。」
「死因呢？」
「服毒。茶几上有空的可樂瓶和杯子，鑑識科正在調查。」
「屋裡沒有其他人嗎？」
「他和父親一起住，但是他父親最近都值夜班。」
「是誰發現的？」
「附近一家洗衣店的女孩，和牧民雄同年，兩人是好朋友。」
「死亡時間呢？」
「死後一個小時。我到的時候還有體溫。」
「所謂自殺，是根據屍體狀況判斷的嗎？」

「不是，我正要跟你報告這一點。茶几上放著一本攤開的紅色日記簿，那是洗衣店女孩今年新年送給牧民雄的禮物。日記簿上寫著令人震驚的事……」

「什麼事？」

「牧民雄昨天跟美世見過面。」

「什麼?!」檢察官眼前再度發黑。

「牧民雄昨天在石神井公園見到了坂口美世，說是見面，應該說是偶然看到，日記裡詳細記錄了當時的情景。」

「好，我立刻過去。」

檢察官回到座位時腳步蹣跚，不是因為喝醉了，而是因為悔恨正苛責著他的內心。

「怎麼了？」事務官驚訝地看著檢察官憔悴的神情。

「牧民雄死了。」檢察官幽幽地說。

「什麼？牧民雄嗎？」

「而且坂口美世還活著……」

「牧民雄知道美世還活著嗎？」

「不清楚。不過昨天牧民雄和美世見過面，聽說日記上寫了這件事。」檢察官的聲音非常無力。「這麼一來，我的推理全被推翻了。以美世已死為前提的所有假設都破滅了，一切得從頭開始。」

一種敗北的感覺延竄了檢察官全身。

「走吧。牧民雄住的公寓聽說是在奧澤町。山岸，你去幫我結個帳吧。」

車子全速疾駛在夜晚的街頭，窗外的亮光變成線條流瀉而過。人們沐浴在原色的霓虹燈影下，享受著夏夜的散步，但坐在車中的檢察官卻是孤獨的。

他神情肅穆地專心想著一個念頭。

由於美世的出現，整個事態為之一變。牧民雄會不會是美世的幫手呢？十六日下午，津田其實已經被殺了，而牧民雄也親眼目睹，但美世苦苦哀求他，於是牧民雄發誓答應幫忙……。想到這裡，檢察官心裡一驚。那麼，埋葬津田屍體的人會不會就是牧民雄？

總之，先看看那本日記再說，檢察官心想。也許上面會寫些暗示他們之間關係的事也說不定。

「到了，就是這裡。」一同前來的山岸事務官輕輕地拍了拍檢察官的肩膀。

「山岸，」檢察官說，「你看一下我的臉。」

「啊？」

「很紅嗎？看起來像是喝醉了嗎？」

「沒問題的，倒不如說是有些發青。」

「是嗎？」檢察官走下車子。「我覺得很丟臉，感覺好像受到了責備。」

那是一棟木造的兩層樓公寓，褪色的灰泥外牆已經斑駁龜裂了。

穿白袍的鑑識人員和警察在門口說話，檢察官低著頭走過他們身旁。

檢察官在樓梯的地方看見了野本刑警，便上前開口說：「我來晚了，不好意思。」

刑警沉默地點頭致意。

檢察官爬上樓梯。

「這裡。」大川警部從位於盡頭的房門口探出頭來。

檢察官走進屋裡。

「死因好像是吃了砒霜，而且可樂的瓶底還殘留一些毒物。」

「是他殺嗎？」

「總沒有必要將下了毒的可樂，從瓶子倒到杯子喝吧？」

「嗯……」

鑑識人員不斷地閃著閃光燈，拍攝倒臥在茶几旁邊的少年屍體。

「這上面，」大川警部將手上的紅色日記簿遞給檢察官，「寫著他和坂口美世見面的情形，其他還寫了很多關於美世的事。牧民雄似乎對美世懷著淡淡的愛慕。」

檢察官正要追問詳情時，聽到房間角落傳來輕微的嗚咽聲。

他看見一名少女坐在紅褐色的榻榻米上哭泣。

「那是……？」

「附近一家洗衣店的員工，叫做濱岡定子，是死者牧民雄的女朋友。」

少女顫抖著肩膀抽噎著。她身穿白色洋裝，就像是棄置在紅褐色榻榻米上的一塊布。

檢察官木然地佇立在那裡動也不動。

第四樂章。紅色合唱

三十分鐘後，牧民雄的死便被推定為他殺。一方面是根據現場狀況所做的判斷，再加上管理員的證詞，才有了這令人認同的結論。

事實上，是因為找不到可以證明他是自殺的證據。

1

（一）牧民雄今天晚上七點左右回到屋裡，比平常晚了約三十分鐘，理由是什麼不知道。管理員曾看到他回家時的身影，沒有同行的人。他開朗地說了聲「我回來了」，踏上階梯的腳步也跟平常一樣。

（二）管理員夫婦表示，一直到八點半左右來找牧民雄的少女發現屍體為止，除了公寓的居民外，並沒有外人來過。管理員室位在入口的右側，由於天氣很熱，窗戶是全部打開的。樓梯就在管理員室前面，老舊的踏板只要有人上下便會發出傾軋聲，野本刑警稱之為自動警報裝置。不過確實很難不經過管理員夫婦的耳目便通往二樓。

（三）毒物被驗出是在可樂瓶裡，但屋內沒有發現裝毒物的容器或毒物包裝紙之類的東西。

（四）從以上幾點推斷：裝有毒物的可樂是某人在公司或牧民雄回家途中交給他的。

（五）瓶中還剩下一半的可樂，而且瓶蓋還關得好好的，可見他打算「之後喝完剩下的可樂」。

（六）沒有遺書。

這些發現都是肯定牧民雄是他殺的有力事實，然而偵查結果到此並未因此有進一步的發展，原因在於犯案動機。

牧民雄為什麼會被殺？

暗示性的線索是：發現津田晃一屍體的隔天，失蹤的坂口美世現身了，碰巧和她說過話的牧民雄也在隔一天被殺害。這一連串的事實與這一段時間以來，是否隱藏著解開他死亡之謎的關鍵呢？

當牧民雄的父親穿著警衛制服從他任職的大樓趕回來，抱著兒子的遺體痛哭時，千草檢察官因為不忍目睹這一幕而步出了房間，山岸事務官緊跟在後。

「你先回去吧。」檢察官說完，走到了走廊盡頭。

黯淡的街燈光線從面對馬路的小窗戶流瀉進來，街上沒有半個人影。檢察官打開了大川警部交給他的日記簿，他感興趣的是昨天發生的事。

美世究竟跟少年小牧說了些什麼？

檢察官的視線追著細小擁擠的原子筆字跡。

七月二十二日　晴

今天都是令人高興的事。

早上收到姊姊來自栃木的限時信，說是媽媽病情好像恢復了一些，右手能夠稍微活動了。姊姊一直沒有嫁人，像護士般地照顧媽媽，她在信中沒有半句怨言，只寫著媽媽的事，我讀了不禁流淚。我一定要讓姊姊幸福，希望能早日看到姊姊披上美麗的嫁衣。而且我要出人頭地，靠我的力量讓姊姊得到幸福！

加油！民雄！你一定辦得到！

一到出版社就被部長叫過去，要我到石神井公園的大野木老師家送稿子。這本來是編輯的工作，但是正好大家都很忙，於是變成了我去。大野木老師是目前當紅的評論家，我拿著裝有稿件的出版社紙袋到評論家的家裡拜訪，突然間有種身為編輯的心情。坐在電車上，我決定明年要去上高中夜校，我想定子應該也會贊成吧。

老師家很快就找到了。一個小時後，老師將校正過的稿子還給我。他一臉嚴肅的表情，感覺有點嚇人，我趕緊離開了老師家。好像有很多評論家或作家都是這個樣子，看來編輯也是不好當的。

因為時間還早，我走進公園，坐在樹蔭下的長椅上把姊姊的來信又讀了一遍。這時聽見不遠處有年輕女人的說話聲，我嚇了一跳，因為很像是部長夫人的聲音。

我往聲音的方向看過去，果然看見兩個女人坐在樹蔭下的長椅談天說笑，那張側臉跟部長夫人很像，只是髮型有些不一樣，而且還帶著墨鏡。於是我上前確認。

結果兩個人都站了起來。其中一位說：「那就下次見囉。」

對方則笑著說：「沒問題吧？妳實在是靠不住耶。」

沒錯，她果然就是部長夫人。

我一直等到另一個人消失在公園那頭，才衝到坐在長椅上的夫人面前。

「部長夫人！」我心跳得很厲害，講話結結巴巴，氣都快喘不過來了。

夫人好像嚇了一跳，瞬間從椅子上跳了起來，看著擋在她面前的我，說了一句「小牧」，又跌坐回原位。而且，部長夫人還變裝了！

「您還好嗎，部長夫人？」

「我嚇了一跳，沒想到會遇見你。」

「我也是。部長很擔心您呀，您為什麼不回家呢？」

結果夫人笑了出來，那是我好久沒看到的笑容。

「因為我還在旅行呀。」

「旅行？」我聽了很吃驚。「部長夫人沒有看到那則報紙廣告嗎？」

「廣告？」

「就是『比才歸來吧。舒曼在等待』的廣告呀！」

「我不知道有那則廣告。可是聽起來還真是浪漫，不是嗎？」

「您真的不知道嗎？出版社的人都在謠傳夫人是不是離家出走了。」

「哎呀，真是討厭。」夫人再一次放聲大笑。「我出門旅行的事，坂口也知道呀。」

「那麼，為什麼還要登那樣的廣告……」

「我不知道。何況也不一定是坂口登的吧，也許是有人在惡作劇。」

我聽得一頭霧水，難道那則廣告不是部長登的嗎？

「部長真的知道夫人是去旅行嗎？」

「當然，我們說好我要出門旅行十天的。」

「去哪裡？」

「很遠的地方。」

我覺得有種被敷衍的感覺，但是夫人立刻神情嚴肅地對我說：「小牧，你在這裡看到我的事，可不可以不要讓坂口知道？因為讓他知道我人在旅行卻又出現在東京，有點不好。」

「可是……」

「沒關係的，反正我明天晚上就要回家了。拜託你，只要到明天晚上為止就好，不要跟坂口和其他任何人說。我老是勉強你，真是不好意思。」

夫人溫柔地說完後，從長椅上站了起來，輕輕地將手搭在我的肩膀，將臉貼近我。

「可以吧，我們說好了喲。」

夫人甜美的氣息拂過我的臉頰，我沉默地點點頭，反正她明天就要回家了，我決定不跟部長提起。不過他們還真是一對奇怪的夫婦，說是旅行，但夫人其實是躲在東京某處的街頭吧，大人世界的秘密實在令人難以理解。

我和夫人在那裡分開了。離去時，她抓著我的手說：「那麼，明後天再來我家玩喲」，便快步地走出了公園。我的手都汗濕了。

回到出版社後，部長對我說了聲「辛苦了」。看到他那愁眉不展的表情，我覺得很心痛。

「部長夫人明天晚上就會回家了！」我好不容易壓抑住這麼說的衝動。我總是沒辦法違背夫人說的話。

定子看穿了我的心事，罵說那樣很噁心，她不喜歡。但是她錯了，不是那樣子的；對我而言，夫人不過就像是一個偶像。我無法弄髒她、觸碰她，也不能反抗她。她是一個絕對性的存在，和我喜歡定子的心情完全不一樣，而且我也很期待看到部長明後天的表情。這是我和夫人之間第二個秘密了，夫人很信賴我。

定子將來也會變得跟夫人一樣嗎？

明天我要寫信跟栃木的姊姊提起這件事。

2

在窗口流瀉進來的黯淡燈光下，檢察官反覆讀著那個部分，一個個的文字粉碎了檢察官的想法。來這裡的路上，檢察官突然想到牧民雄會不會是美世的幫手？看來他是猜錯了。

牧民雄對於整個事件毫不知情，他用略帶雜亂的筆調寫下少年時期特有的憧憬和對美世淡淡的愛慕，文字之中絲毫不見血腥味，當然也讀不出身為幫手的情感或暗示兩人關係的言語。

牧民雄對美世的失蹤幾乎是什麼都不知道，什麼都沒做，也沒有任何要求。

儘管如此，他還是被殺了。唯一能想到的理由是，因為他偶然遇見了美世，還有他聽見了失蹤當天在美世家某個男人的說話聲。

光憑這些就足以讓兇手燃起對這個少年的殺意嗎？

兇手會是坂口秋男、美世還是神祕人物X呢？

「怎麼了？一個人在這裡……」大川警部走過來打斷了檢察官的思緒。

檢察官出示日記簿說：「我正在看這個。」

「很驚訝吧？」

「的確是很驚訝。」檢察官誠實地說。「我所有的推理都被推翻了，現在心中只剩下悔恨。」

「悔恨……？」

「大川！」檢察官說。「我今天中午之前曾到藝苑社找過坂口，拜託他讓我跟牧民雄見面。」

「噢。」

「可是牧民雄外出，我說兩、三天後再來拜訪便離開了藝苑社。為什麼我不等他一下呢？偵查工作是沒有明天的，也許跟牧民雄見一面就能預防這個凶案，至少能從他嘴裡問出什麼線索也說不定。可是我卻沒有那麼做。我無法面對他父親趴在孩子遺體上痛哭的景象，少女的嗚咽、父親的哭喊都刺痛了我的耳膜……」

檢察官說到這裡便停住了。

樓梯發出傾軋聲，野本刑警肥胖的身軀出現在走廊上。

「鑑識科有了聯絡，可樂瓶上只有牧民雄的指紋，毒物是砒霜。」

「這下就很清楚了。」檢察官低語著。

只剩下本人的指紋，表示已經將附著在上面的其他指紋都擦乾淨了。但是弄清楚了這一點，也等於又增加了一個新的難題。要從幾乎到處都有販賣的可樂中，找出誰在哪裡買了這特定的一瓶，幾乎是完全不可能的。

「他父親怎麼樣了？」檢察官問。

「已經平靜許多了，現在人在樓下。管理員夫婦覺得很難過，說今晚要幫民雄守靈，真是一對好夫妻；還有濱岡定子，也是個令人感動的女孩子。」

「那女孩還在嗎？」

「在。說要跟男孩子的爸爸一起守靈，今晚不回家了。跟最近那些整天追著長得跟細菌一樣、叫什麼披頭四的女孩子們，簡直是天壤之別。就算是親生女兒也沒有那麼乖巧了。」

「她好像很喜歡過世的男孩吧？」

「應該是吧。聽說男孩子的爸爸曾經半開笑地跟管理員太太提起過，等小牧過了成人節[註1]就要將定子娶回家，到時還要叫故鄉的老婆過來一起生活。那女孩沒有父母，現在工作的洗衣店是伯父家經營的。管理員太太很憤慨地表示，女孩根本就是被當作下人一樣使喚。」

「那女孩……」警部說，「或許很能理解小牧父親的心情吧？」

「我也這麼認為。說起來，牧民雄是這些貧困、不幸的人們心中期待的小小夢想，而這個夢想卻突然間就被奪走了……」

悔恨再度在檢察官的心中湧起。

「下去看看吧。」檢察官說。等到跟牧民雄的父親見過面後，他打算立刻將少年的日記整個讀過一遍。或許沒能從少年嘴裡問出的線索，能從文字中找到端倪吧。

三個人走下飄著線香味的樓梯。

「想到在幾個小時前，」走在最前面的警部說，「那個少年才走過這道樓梯，就覺得那一幕像是假的一樣。」

這句話也讓檢察官無言以對。

3

少年的父親叫牧英三，出身於栃木市附近的某個農村。他在三年前來到東京，老家還

註[1]滿二十歲那年的一月十五日。

有中風後臥床不起的妻子和年紀已經二十八歲的大女兒。

因為家中沒什麼耕地，農事都交給女眷處理，英三便到大谷石的採石場工作。在宇都宮市城山町一帶有將近八十多個採石場，都屬於個人經營，作業幾乎沒有機械化，開採時用的工具就是十字鎬和扁鑽，挖採下來的石塊則靠挑夫的肩膀送到卡車載運的地方。英三曾經是個能幹的採石工人。

當他的妻子阿正中風臥床之後，不幸又接連發生。由於其他工人的疏失，英三的右腳被十字鎬敲傷，雖然傷勢很快便痊癒了，但右腳從此就無法使力。別說是當採石工人，就連當搬石頭的挑夫也有困難。

透過朋友介紹，英三在三年前來到位於銀座的大光大樓當警衛，當時就讀國中二年級的兒子民雄和父親一起上京。民雄靠著送報完成了國中學業，由於兩邊都有家用，必須多賺一些現金，即便是現在，他們的收入也大半寄回了老家。民雄的口頭禪是希望能出人頭地；而父母的心願則是希望能看到女兒披上嫁衣。儘管生活貧困，一家四口的心意是相通的。

扭曲著一張日曬黝黑的臉頰，英三說：「我再也不相信神了。為什麼我們一家總是這麼不幸呢？不如乾脆也把我殺了算了……」

檢察官問：「你有沒有感覺令郎最近有什麼地方不太一樣呢？」

「我不知道，最近這四、五天我都沒有看到民雄……。我上完夜班回來，他已經上班了，我們父子總是這樣碰不上。我只是為了能多賺一點錢，因為上夜班的話，就有晚餐費和夜班津貼……」

交談間斷之際，線香味從人群之中飄了過來。看來從這位悲傷至極的父親口中是問不出什麼了。

檢察官看著英三擱在腿上的粗厚手指，指甲都發黑了，那就是大半生握著十字鎬和扁鑽過生活的男人的一雙手。而這雙手已沒有機會抱自己的孫子了。到底是誰奪走了他的希望呢？

濱岡定子跪在英三的身邊，淚水洗過的臉頰泛著白光，濃密的頭髮和修長的睫毛令人印象深刻。

沉默使得屋內的空氣更加沉重，檢察官準備起身告辭，大川警部似乎也感受到他的心思。當他為了再次表達哀悼之意，重新面對英三端坐好時，濱岡定子抬起了低垂的眼。

「檢察官！」

「怎麼了？」檢察官轉身看著少女哭腫的眼睛。

「民雄是被殺死的吧？」

「會抓到兇手嗎？」

檢察官沉默地點了點頭。

「……」

「兇手會被抓到嗎？」

「就是為了抓到兇手，」檢察官說，「才會出動這麼多的人。我們現在也要投入追捕的行動了。」

「兇手抓到後會被判死刑嗎？」

「應該會吧。」

「應該會？不是絕對嗎？」

「那要看兇手的情況而定，決定權在於法院。」

「難道殺了人，也會因情況而有所斟酌嗎？你是說，被殺死的人所無法原諒的兇手，法院卻能原諒嗎？」

「這是個難以回答的問題。」

「如果那個人沒被判死刑的話，」少女直視著檢察官說，「我就殺了他！」

她的話很奇妙地在檢察官心中引起了爽快的回響。

4

所有偵查人員都一致贊同檢察官的意見，認為牧民雄和津田晃一的謀殺案背後有一個共通的事實，就是兩者與坂口美世不可能毫無關聯。因此全體決定將偵查總部設置在世田谷警署。檢察官一回到家，便立刻鑽進書房，他想盡快讀一遍少年的日記。

此時，日記簿對檢察官來說並非一項證據，而是少年留給父親珍貴的遺物。一旦發現重要之處，必須用影印機複印下來才行。

「今天又要晚睡了嗎？」檢察官妻子端著裝哈密瓜的碟子進來。

「有工作，妳先休息吧。」

「晚飯呢？」

「吃過了。」

「今天隔壁的早瀨太太……」

「我有工作。」檢察官重複剛剛的說法。

檢察官妻子靜靜地走出書房時，檢察官已翻開紅色日記簿，並點了一根香菸。

自由形式的日記簿裡，每一頁都填滿了細小的原子筆字跡。他父親說他們父子總是碰不上面，看來少年是利用寫日記來排遣孤獨的時間。

檢察官找出了跟坂口美世相關的文字，分別標上不太顯眼的記號。

三月十九日　晴

整天都忙得昏天暗地。來回跑了兩次的日販和東販，又不停地有零售店來問安室的《俗世日記》有沒有庫存。因為作者去年過世了，這本書突然大賣。真受不了還要被派到零售店送貨。

晚上正準備下班時，坂口部長叫我過去。

「你是在九品佛車站下車吧？」他問。「是的。」我一回答，他便問：「我家在下一站的等等力。我有私事要麻煩你，不好意思，回家時能不能到我家跑一趟？」

部長臨時有公事要外宿，要我將他買的東西交給他太太。東西是百貨公司包裝紙包的小盒子。部長還畫了一張到他家的地圖，並拿出五百圓。「這是車資。」

「不用啦，而且車錢也不用這麼多……」

「剩下的你拿去看電影吧，那就麻煩你囉。」

部長說完便走出房間。這差事還算不錯，我倒是希望每天都有這種好事上門。

我一下子就找到了部長家。雖然我們常常在電車中碰面，到他家則是第一次。外面圍著大谷石牆，是幢富麗堂皇的豪宅。原來當上部長就能住這種房子呀，我實在好羨慕。門牌上在部長的名字旁邊寫著小小的美世，應該就是部長夫人的名字，從名字的感覺就令人想到是一位美麗的夫人，我的預測果然沒錯。

我心想，就算是女明星也沒有她漂亮吧。溫柔婉約，很有氣質，眼鏡就像是五官的一部分，跟她的人很相稱。

我說明來意遞上東西時，夫人親切地招呼說：「哎呀，怎麼好意思麻煩你跑這一趟呢。真難為你了，如果可以的話，進屋裡坐坐吧？」

夫人雖然這麼說，我卻拒絕了。因為襪子的破洞還沒補，我實在沒臉脫下鞋子。

我們站在大門口聊了兩、三分鐘。每當被夫人注視著，我就覺得臉頰脹紅，胸口湧起一股溫熱。就在我打算告辭時，夫人說了句「等一下」，便轉入屋裡拿出一個紙包出來。

「不是很多，你收下吧……」

「不用了。」

「你不收下我會過意不去的，麻煩你跑這一趟。」

夫人硬是將紙包塞進了我的口袋裡，她柔軟的手指觸碰到我的手。走出門外後，我不自覺地跑了起來，邊跑邊打開了紙包，果然又是一張五百圓大鈔。在車站前的餐廳吃了一客豬排飯，好久沒這麼大快朵頤了。買了本婦女雜誌要寄給姊姊。錢還剩下一些沒用完，等到定子公休那天，再一起出去吧。

漂亮的夫人、豪華的房子……未來等著我的，也會是那樣的生活嗎？

六月二十九日　陰

兩、三天前開始疼痛的右眼皮，在今天早上腫了起來。輕輕一壓，感覺好像化膿了，大概是長了針眼。戴著眼罩上班時，課長問我：「眼睛怎麼了？」

「長『目籠』[註2]了。」我一回答，課長一臉驚訝。

「你是信州人嗎？」

「不是，我是栃木縣人。怎麼了嗎？」

「我老婆是信州（長野縣）人，他們那裡也將針眼說成『目籠』。」

「課長不是信州人嗎？」

「我是大分縣人，我們家鄉的老人則是說眼睛長了狗糞。」

註[2]原文為「目籠」，為強調此句是方言，故使用原文。

「狗糞？」
「就是狗大便的意思啦。」
我不禁笑了出來。針眼、目籠、還有狗糞呀。
中午過後，部長又拜託我跑一趟等等力的家，說是開會前才發現重要文件放在家裡沒有帶，要我立刻幫他拿來。
「我會幫你跟課長說的，你知道我家在哪裡，所以只好麻煩你了。因為很緊急，你來回就搭計程車吧。」
部長給了我兩千圓，我趕緊攔下計程車到他等等力的家。
按了門鈴後，夫人穿著睡衣前來應門。大概是身體不舒服在休息吧。不論她穿什麼看起來都是又漂亮又有氣質。
「真是不好意思，我這個樣子。因為好像有點發燒。」夫人說完後，改口問道。「哎呀，你的眼睛怎麼了？」
「長了『目籠』。」
「那可不行，應該化膿了吧？」
「嗯，不過沒什麼大礙。」
「是嗎，還是要多保重才行。」
聽起來就像是母親關愛的話語。
我說明來意，部長也交代了文件放置的位置，夫人聽了皺著眉頭說：「那就怪了，今天早上出門前我還看到文件，簡直就像是故意忘記，再麻煩你回家來拿一樣嘛。」

夫人走進屋裡，很快地就拿著裝有文件的信封袋出來。

「又不是公事，麻煩你跑這一趟真是不好意思。」

「沒關係的，反正我今天也沒什麼事。」

在回程的計程車上，心想這種差事再多我也願意接。晚上定子來了，我們閒聊了兩個小時。

讀到這裡，檢察官又點了一根菸。填滿細小原子筆字跡的日記簿裡，每一天記述的文字多得驚人。少年或許是透過自問自答的書寫方式，來享受這孤獨的對話吧。日記的內容繼續著，檢察官疲倦的視線再度被細小、充滿個性的字體所吸引。

5

七月九日　雨後晴

好棒的一個晚上，我的心情還很雀躍。因為興奮，都快喘不過氣來了。彷彿新生的血液在我身體裡面不斷地流竄，生命發出聲響像要爆發出來了一樣。我好想大聲歡唱！或許我已經醉了。我不知道該如何是好，這是我有生以來第一次有這樣的心情。

傍晚下班回到家發呆時，管理員伯伯說有我的電話。我以為是爸爸打來的，很意外地竟然是坂口部長，說是有急事要我馬上過去。

「太好了。我還在想要是你不在家，我該怎麼辦呢。」

「到公司去嗎？」

「不，到我家來，來了我再告訴你什麼事。老是麻煩你真是不好意思，你可以搭計程車過來嗎？」

我立刻衝到門外，爸爸今天又是上夜班。與其一個人窩在屋裡，還不如到處走動要好玩些。

到部長家時，部長和夫人已經站在門口。

「哎呀，真是抱歉。已經來不及了。」

「啊？」

「情況突然有變化，已經沒有必要麻煩你了。我剛剛馬上打電話通知你，但你已經出門了。不好意思，本來是想麻煩你幫我跑一趟八王子的……才差了兩三分鐘，卻讓你白跑一趟……」

我很失望，跟部長拿了計程車資正準備回家時，夫人開口說：「既然人都來了，就進屋裡坐坐吧。坂口要出門聚會，你正好來家裡陪我聊聊天。」

「那樣也好。老是為了我的事要你跑腿，我也覺得不好意思。今晚你就在我家好好休息一下吧。」

結果在夫人極力的邀約下，我難以推辭。

部長家的客廳我頭一次拜見，裝潢美麗的房間，看在我這個鄉下小孩眼裡簡直就像電影中的佈景。幾乎已經遺忘的家的「味道」深深地沁入了每一件家具之中。我飢渴地呼吸著那些氣息。

我們漫無目的地聊天，聊到了父母、公司、學生時代的回憶、社團活動時參加的銅管樂隊等……

「你喜歡音樂呀？」

「我最喜歡音樂了。」

「你別看坂口，他也是個音樂迷。他跟我求婚，就是在聽完音樂會的回家路上。我還特別用我的名字美世的諧音『比才』回信答應了他。你知道比才嗎？」

「知道，《阿萊城姑娘》的……」

「沒錯。於是坂口也將自己的名字秋男換成舒曼來回應我。秋的發音是Shu，男的英文是man，所以是舒曼，之後我們通信就都用比才和舒曼署名。好笑嗎？你別看那傻瓜，很久以前他也跟你一樣有過青春時代呢。」

夫人說的話就像音樂般，輕快地流過我的耳畔。比才和舒曼，我有種身在童話故事中的感覺。

「我們來聽唱片吧。」

夫人扭開音響的開關，傳來探戈的樂聲。

「小牧，我們來跳舞吧。」夫人把手搭在我肩膀上。

「不行，我不會跳。」我嚇得往後退。
「那怎麼行，來，站起來看看。」
在夫人的牽引下，我從椅子上站了起來。
「身體要像這樣。對了，你的手要放在我這裡。」
她的頭髮拂過我的臉頰，我們緊握的手指傳來一股熱流竄入我的血液之中。
「來，右腳向後退，接著是左腳……」
我閉上眼睛，雙腳不聽使喚，搖晃的身體被抱在她柔軟的手臂裡。
「你在發抖耶。」
溫熱的鼻息在我耳邊低語，夫人的嘴唇觸碰了我的頸背。就像觸電般，電流在全身竄動。
「小牧，你接過吻嗎？」
我趕緊推開她，坐進身旁的沙發椅，一眼就能看出心跳得十分厲害。
「哎呀，真是不好意思。我不該亂問問題的。」
夫人緩緩地面對著我坐下。
「不過，你應該有女朋友吧？」
瞬間，我的腦海中浮現了定子的臉，但我卻輕輕地搖頭。
「是嗎，像小牧這麼老實的青年，一定會找到好對象的。那個人一定會在這廣大人世的某處等著你。」

說完，夫人便起身到廚房去。

用過咖啡和蛋糕，回到公寓已經是十點過後。看來今晚是睡不著了。

七月十六日　晴

因為課長家今天喜獲麟兒，辦公室裡整個上午都在聊這件事。中午時部長找我過去，說不好意思又要麻煩我幫他送東西回家。我一看是很重的棋盤和棋子。我其實暗自期待能再去他等等力的家。因為是星期六，一用完午餐我便出門了。

千草檢察官讀到這裡時，書房的門開了，檢察官妻子探頭進來說：「野本先生打電話找你。」

「野本？這個時候會有什麼事？」

「這個嘛……」

「好，我馬上去接。」

檢察官一邊打哈欠，一邊來到電話機前。

「是我，有什麼事嗎？」

「你在打哈欠嗎？」野本刑警的語氣顯得很悠哉。

「一連兩個晚上，我睏死了。有什麼事嗎？」

「我睡不著，想找個人說話……」

「這種話應該是十八、九歲的姑娘對心上人說的吧。」
「我不能說嗎?」
「我可不想聽野本利三郎說呀。」
「其實情況有些不對勁。」刑警換了個口氣說。「是關於白鳥千鶴的事。」
「嗯,千鶴怎麼了?」
「今晚我一回家,看見大女兒窩在被子裡聽收音機。我以為她在聽升學考試的教學節目,結果竟然是聽流行歌曲。我大聲罵了她一下,要是聽相聲、戲曲我還能忍受……」
「野本。」檢察官不耐煩地說。「白鳥千鶴到底怎麼了?你每次說話,前面總是要嘮叨一堆。」
「不好意思,事實上那首歌是千鶴作詞的《夜的嘆息》。」
「噢。」
「於是我很驕傲地跟女兒說我跟白鳥千鶴說過話,我女兒立刻說她也有白鳥的資料,然後從被窩裡拿出一本《歌謠曲事典》,是電影雜誌附贈的。真叫人吃驚,不管是作曲家或歌手的資料,那本事典都寫得很清楚。連無聊的東西也調查得那麼仔細……」
「你是說身高多少、有什麼興趣、想生幾個小孩之類的嗎?」
「沒錯。我一翻,果然有白鳥千鶴的名字。從住址到生日、畢業學校都有,連喜歡喝西式湯還是味噌湯也寫,其中還有一個項目是問『最喜歡的人』……」
「然後呢?」

「你猜千鶴怎麼回答？這可是今晚的謎題。」
「別開玩笑了，她說了誰的名字？」
「舒曼！」
「什麼?!」
檢察官頓時倒吸了一口氣。
「怎麼樣？不對勁吧？」
「的確。看來這次的事件，絕不能忘記千鶴這個人的存在。」
「怎麼樣，睡意全消了吧？」
「我整個人都醒了。」
「那就晚安囉。」刑警掛上了電話。
檢察官苦笑地放回話筒。
「舒曼嗎？」檢察官一邊低語，一邊回到書房再度坐在紅色日記簿前。

6

隔天一早。
千草檢察官在到辦公室之前，先去了日本橋的藝苑社拜訪坂口秋男。
有關昨天牧民雄下班之後的行蹤，應該已經有刑警調查過了，但檢察官還是按捺不住想自己確認清楚。

昨晚整個讀完了牧民雄的日記，其中七月十六日以後的事跟小牧對野本刑警所說的幾乎一樣。

日記中對坂口和美世的言行舉止描述得很詳細，但那是少年根據自己的觀察寫下來的，無法證明那就是事實。比方說，前天牧民雄在石神井公園遇到美世時，她提到「明天晚上就會回家」，牧民雄相信了，並如實記下。但美世說要「回家」那一夜，牧民雄就被殺害了，而美世也沒有回家。檢察官認為，只有從坂口和美世的言行中揪出虛構的部分，並了解他們的意圖，日記才對偵查工作有用處。如果無法證明那是事實，日記就不具備證據的價值。

來到藝苑社前面，野本刑警突然從大樓旁邊的員工入口衝了出來，讓檢察官嚇了一跳。

「喲！」野本刑警舉起手，走到檢察官面前。「怎麼樣？昨晚有睡好嗎？」

檢察官露出苦笑。

「對了，關於牧民雄這幾天的行蹤……」刑警改變了語氣。

「有發現了嗎？」

「沒有。我問過警衛和同事，他們都說不知道。我查了查他打的卡，下班時間是五點八分。因為以前有人邀他一起去咖啡廳或看電影，他從來不去，之後就沒有人再找他了。看來他總是一個人獨來獨往。」

「嗯……」

「他一向很低調，所以不太受人注意。同事對牧民雄的行動也不太關心，要找出這樣的人的行蹤，是最讓警方頭痛的了。」

「接下來你要怎麼做？」

「應該是你來下決定吧，我在這裡也沒什麼用處。」

「那麼，」檢察官從公事包裡拿出牧民雄的日記。「將這個送到總廳去。其中有我用紅色鉛筆作記號的部分，請影印下來，然後將日記送還給牧民雄的父親。」

「紅色日記簿嗎？」刑警看著日記封面說。「這次的案件怎麼都跟紅色有關係？一開始是紅色的安全帽。」

「還有紅色襯衣。」

「如果找不到兇手，還要附加一個紅色的恥辱[註3]。」

刑警訕笑地離開時，千草檢察官已經推開了藝苑社的大門。

「首先，」檢察官在會客室裡對坂口秋男說。「昨晚發生的事你已經聽說了吧？」

「我嚇了一跳，出版社裡也是一早都在談論這件事。聽說他殺的可能性很高，是嗎？」

「應該是吧。」檢察官說。「關於這一點你有沒有什麼想法？」

註〔3〕日文原文是赤恥，意指天大的恥辱。

「沒有。從牧民雄的日常生活來看，我不認為他會樹敵。」
「我昨天要求見牧民雄一面，當時很遺憾沒能見到。牧民雄是去哪裡了呢？」
「他搭物流部的車到九段的客戶那裡去了。」
「聽說前天他因為你的事，曾去過石神井公園那裡。」
「沒錯。」坂口睜大了眼睛，「你還真清楚。」
「回來之後，牧民雄的神情沒什麼異狀嗎？」
「沒有。」
「他好像也常去你家拜訪嘛？」
「我曾經麻煩他幫我辦過兩、三次私事。」
「可是，他好像跟嫂夫人也很熟的樣子……」
「千草兄，」坂口一副反駁檢察官說法的語氣。「那和這次的案件有什麼關係嗎？我因為私事拜託過小牧，我太太也因此和他有說話的機會，不過就是如此而已。我不認為對偵查工作會有什麼幫助。」
那是充滿挑釁的口吻。
「不過，」檢察官的視線集中在對方的臉上，「我們警方倒是確信，無論是嫂夫人的失蹤案、還是津田晃一被殺，甚至連牧民雄被毒殺的案件都能同時解決。」
「……」坂口的臉頰抽搐了一下，但仍直視著檢察官的眼睛。
短暫沉默之後，檢察官說：「我想問你一個奇怪的問題。你們有去蜜月旅行嗎？」

「有。」

「地點是……？」

「九州，我們花了一星期繞遍九州各地的溫泉。」

雖然他的語氣好像還有點留戀，但對於他們蜜月旅行的地點不是在北海道，檢察官很失望，因為這麼一來津田晃一就沒有機會在美世面前出現了。可是根據山岸事務官的調查，美世懷孕應該是在婚後一個星期。換句話說，剛褪下新娘禮服的她不是在蜜月旅行中，就是在旅行結束後不久，便對別的男人投懷送抱了。

「旅行中，」檢察官問。「是否有遇到認識的人呢？」

「沒有。」

「嫂夫人以前去過別所溫泉嗎？」

「這個嘛……總之婚後我沒有看她去過。」

「結婚前，嫂夫人一直都住在橫濱的娘家嗎？」

「不，美世曾當過藝苑社社長的秘書，她父親和我們社長是堂兄弟，因為這層關係，她短大一畢業便被聘為秘書。她剛開始從橫濱通勤，我們訂婚之後便寄居在社長家了。」

「這麼說來，因為嫂夫人的緣故讓你和社長有了姻親關係囉？」

「這種說法，」坂口嘴角扭曲著。「讓我覺得很難堪。我是因為喜歡美世才跟她結婚的，但出版社的人看這件事的眼光卻不是這樣，大家都還是認為我是靠裙帶關係。加上社長又是我們的介紹人，這種說法就更甚囂塵上了。」

「原來如此。」

「我會刊登那則奇怪廣告的理由也是在此，我希望盡可能不被別人發現美世失蹤的事。我不想連累社長，希望能私底下找出美世來。可是事到如今我已經絕望了，美世已經不在這個人世了……」

坂口突然掩面而泣。

檢察官眼神銳利地注視著坂口。

「坂口兄，」檢察官起身說。「你知道牧民雄有寫日記的習慣嗎？」

坂口掩著面，輕輕地搖頭。

「我們在屍體旁邊發現了他的日記，一本記錄詳細的日記簿。」

「……」

「如果兇手知道這件事，就應該知道追蹤他的腳步聲很快地就會出現在附近了。」

「……」

「我們警方之所以相信這三個案件會同時解決，理由也在此，我可以如此斷定。」

那麼告辭了，檢察官說完後推開會客室的門，但坂口並無意起身送檢察官出去，只是輕輕地在嘴裡低喃著：「麻煩你了。」

一走到外面，檢察官的表情變得十分苦澀。他給坂口丟下的那句話，讓他心裡也不好受。

檢察官對坂口秋男的懷疑，依然只是在腦海中悶燒著，他手中的證據和推測都還不足以讓它整個燃燒起來。牧民雄的日記究竟具有多大的價值？他故意說成很有價值的樣子，只是為了動搖對方、瓦解對方的心防而已。萬一對方中計了，自然會採取行動。

要等嗎——想到這裡，檢察官心裡一驚。

之後是否還會再發生一件殺人案？那就是和美世有親密關係的男人，浩一的親生父親。

他還沒被殺！

7

千草檢察官一回到辦公室，山岸事務官便在書桌上放了一封信。

「有一封你的限時信。」

印著長野縣上田警署的信封上，寫著一串整齊如印刷字體的字：「刑警　牧口大四郎」。是那位年輕的刑警，千草曾經拜託他比對美世和那個出現在相染屋的女人的指紋。

「噢，真是令人懷念呀。」

檢察官拆開了信封。

日前回覆之餘，很高興立刻收到閣下的回信。

想來您依然盡心盡力在追查坂口美世的失蹤案。

之後本署並沒有停止調查動作，但因為時間過去，當時的記憶逐漸淡薄，使得我們很難找到目擊者，因而陷入膠著。

根據日前的指紋比對，已確認出現在相染屋的「坂田千世」就是坂口美世，但殘存在我心中的一絲疑惑卻日益擴大，因而今天再次敘述個人意見，敬請不吝指教。

先從結論說起，我認為「坂田千世」並非坂口美世。

那麼留在現場的坂口美世的指紋該如何解釋呢？這個解答我後面會提。

我將自己化身為坂口美世來考慮這個問題。

我是坂口美世。我失蹤了。我不想讓任何人知道。在這種條件下，如果我要投宿——

1、會使用完全不同的假名（「坂田千世」就像是為了讓人聯想到坂口美世才取的名字，這樣是沒有假名的價值的）。

2、眼鏡應該拿掉，或選用完全不同的款式（最讓人留下印象的眼鏡居然選用和本人一樣的，實在可疑。該不會也是想讓人誤認是坂口美世的手法吧？）

3、改變髮型（「坂田千世」沒有這麼做，反而以坂口美世的髮型出現在相染屋）。

想到這裡，我不禁懷疑「坂田千世」是別人所假冒的坂口美世。

但是，現場所採集到的指紋是坂口美世的。想到這裡，我實在覺得很困惑。

明明不是本人，指紋卻一樣——怎麼可能會有這種蠢事！坂口美世本人沒來相染屋，但指紋卻來過了。

會動的指紋、東奔西跑的指紋、神出鬼沒的指紋、方便攜帶的指紋——我不是在開玩笑，而是很認真地在思考這件事。於是我想到了一個手法，但是那實在是可怕的想像！

如果坂口美世已經被殺害的話，不就能割下她的五根手指到處帶著走嗎？

如此一來，不只攜帶方便，而且不論在什麼地點、什麼東西上都能留下本人的指紋了。

可是我又想到了，「坂田千世」是個年輕女性，就算這種方法可行，但她真的能若無其事地拿著乾燥的人指走在路上嗎？

從那天起，我一連好幾天到相染屋調查，走到山裡面也在思考這個問題。於是，我又想到了另一個手法。

附著在櫥櫃上方暗櫃的指紋，其實是在金屬製的小把手上採集到的，那很容易就能裝卸替換。假如住在相染屋的房客將該部分取下來，換上事先準備好的把手，再將換下來的把手帶走，整件事情就顯得輕而易舉了。

他（她）將帶回來的把手按上美世的指紋，再交給「坂田千世」。

她再將把手跟之前的換過來，那只是鎖上細小的螺絲就好，因此只要準備一支小螺絲起子，便能無聲無息地於一、兩分鐘內更換完畢。

接著是相框上的指紋，也可以用同樣的方法進行。事先準備好吻合相框大小的玻璃和背後的木板，替換相染屋原有的東西，帶回去後再在玻璃和木板按上美世的指紋，一樣再交給「坂田千世」。

「千世」將原物歸還大概也花不到一分鐘吧。

相染屋的住宿房客本來就不多，而且老闆、老闆娘也不是那種細心到隨時都會注意暗櫃、舊相框有什麼不同的人。

一段期間裡，暗櫃的把手就算換成新的，也不會啟人疑竇。兇手選上相染屋，可說是明智之舉，也證明對當地有一定的熟悉程度。

「坂田千世」一邊意識到女服務生的存在，一邊故意站在暗櫃前，或將皮包藏在相框背後，其實是想吸引我們注意附著在上面的指紋，其計劃算是成功了。

如果「千世」要假裝成「還活著的美世」，便表示美世已經死了。

因此，坂口美世的失蹤案是否應該從坂口美世被殺的新觀點，重新加以檢討與進行搜查呢？

以上拉雜地寫了一堆，敬請展讀之餘惠賜意見。

天候暑熱，還請多加保重。

牧口　敬上

讀完之後，檢察官嘴裡發出感嘆。那是對牧口刑警綿密的推理所表達的讚美，尤其是他身為刑警的執著與熱忱感動了檢察官的心。年輕刑警坐在地方警署的一室裡，努力撰寫這封信的毅力深深地撼動了檢察官。

但是……檢察官輕撫著那封厚實的信，低語著。

（坂口美世還活著！）

這個事實，又該如何跟牧口刑警的推理結合在一起呢？

還有，「坂田千世」有什麼必要假裝成美世呢？假如問牧口刑警這個問題，他大概會如此回答。

（那是因為必須讓人們相信，美世在十六日晚上十點左右還活著，兇手想要用來證明這段時間自己有不在場證明。反過來說，十六日晚上十點左右擁有牢不可破的不在場證明的人，檢察官，那個人就是兇手了！）

那個人就是坂口秋男，檢察官心想。

他十六日一早起便沒有離開過出版社，回到家已經是十點過後，而且是一直跟兩名同事一起行動。

不，美世被認為失蹤是在下午兩點四十分左右，當時他正在出版社和很多人一起下棋。

（他的不在場證明無法瓦解嗎？檢察官，就是他，他就是兇手！）

（可是他根本一步都無法靠近美世呀。兩名同事那晚直到天明都在他家下棋，天亮之後，女傭阿德嫂也趕過來了。他和美世之間，有著難以超越的空間，還有時間的斷層。）

（一定要突破呀，檢察官。要破解兇手所設的屏障，用你的智慧！）

（不行，你別忘了美世還活著的事。不能漠視這一點。而且她前一天還提領了三十萬現金，跟認識她的行員說要出去旅行。還有，她在石神井公園遇到牧民雄時，也提到自己正在旅行。）

（檢察官，你的觀念太僵化了。如果美世和坂口秋男是共犯呢？對他們來說，津田晃一是共同的敵人。美世因為姦情暴露而被津田威脅，這個事實如果公開，坂口將成為出版社裡的笑柄，也會失去社長的信賴。兩人為了維護共同利益，於是超越憎恨攜手合作，美世的失蹤其實是和坂口商量後演的一齣戲。）

啊，檢察官不禁發出叫聲。

虛擬的對談中發展出意外的假設，而這樣的假設有可能嗎？檢察官抱頭沉思著。

8

用過午餐，檢察官一回到自己的辦公室，便看見野本刑警和事務官正聊得起勁。

「喲。」檢察官拉了一張椅子坐在兩人面前。

「你中午吃了蕎麥麵吧？」野本刑警笑著說。

「你怎麼知道？」

「你的嘴巴有蔥的味道。」

「真是令人驚訝。」檢察官擦了擦嘴。「你鼻子還真靈敏。」

「要吃這行飯，就是得到處聞出線索呀。」
「那麼你聞到什麼了嗎？」
「沒有。」
刑警將一個大信封袋放在檢察官桌上。
「這是日記的影印，原物剛剛已經順道拿到公寓歸還了。」
「他父親在家嗎？」
「在呀。一個人呆呆地坐在那個悶熱的房間裡，跟他說話也不回答，連我都不知道該怎麼辦才好了。」
檢察官沉默地點點頭。
那個男人今後將有什麼樣的人生呢？刻劃在內心深處的悲傷與憤怒，直到他垂垂老矣，嚥下最後一口氣時，恐怕都不會忘記吧？
「你也讀過那本日記了吧？」
「讀了。讀了之後，好像有點了解美世這個女人的真面目了。」
「怎麼說？」
「那個女人是個天生的妓女，一看到男人就想下手，是個跟誰都能上床的女人，難怪會生下不知道父親是誰的小孩。她和津田晃一一定也有過關係。」
「而且，她還會去挑逗像牧民雄這種青澀的少年……」

「簡直就像是真人版的高橋阿傳[註4]嘛。我認為殺死津田的人就是美世。」

「所以說，在別所消失的『坂田千世』也是美世囉？」

「沒錯。那個女人假裝自己被害，然後回到了東京。」

「山岸，你的看法也相同嗎？」檢察官瞄了事務官一眼。「我的想法不同。發現津田的屍體可說完全是偶然，假如沒發現屍體，美世就不會遭到懷疑，她也就沒有必要假裝自己被害。」

「那是因為她還有其他的計劃。」

「什麼計劃？」

「殺死坂口秋男。」

「她沒有理由這麼做。」

「有。坂口發現了美世的姦情，她決定趁這次將所有的過去做個了斷。」

「就算將過去做了斷又如何？她既然要假裝自己被害，就表示自己『必須死掉』，而且是永遠。她等於是失去了美世這個人的人生。」

「她只要用跟美世完全不同的身分，重新開始第二個人生就行了。」

「只用三十萬圓嗎？那她的第二個人生恐怕維持不到半年吧，而且她還必須是孤獨的。」

「不對，美世一定有個高興地在等待著她的男人，甚至這次的計劃還可能是出自那個男人的指示。」

「那是誰？」

「死去孩子的親生父親！」

「嗯……」

「千草先生。」刑警說。「我只是你的腳。雖說腳要去影響頭腦很可笑，但是我認為你太執著於坂口是兇手這個看法，這樣太過危險。」刑警態度昂然，不像平常的野本利三郎，真不知道他的這份自信是從哪裡來的。

「所以說，」檢察官的語氣也出現了熱誠。「你認為殺死牧民雄的人也是美世囉？」

「當然。因為他看到了不應該還活著的美世。假如這件事被牧民雄說出去，煞費苦心的計劃便泡湯了。雖然很可憐，但還是不能留他活口……」

「於是就對他下毒了？」

「應該是吧。舞台是在石神井公園，周遭沒有人影。就戲劇而言，這裡是高潮。美世要求說到明天晚上之前，不要告訴任何人看到了她。這充滿殺意的冷言冷語，讓牧民雄點頭答應了。隔天她在牧民雄下班回家的路上或是在電車裡，給了他一瓶下過毒的可樂。千草先生，這兩個案子中同時擁有動機和機會的人，只有美世而已。」刑警說到這裡，深深地注視著檢察官的眼睛。

「嗯……」檢察官盤起手思考。

註[4]明治時期著名的狠毒女人，在丈夫生前便淪為娼妓，之後更為奪取現金而殺人，因而遭斬首。

的確，如果只是單純要人用至今所獲得的事實來完成一篇故事的話，檢察官或許會採用野本刑警的「作品」。但是故事並不是確論，缺乏讓檢察官認同的證據和心證。雖然牧民雄的日記稍可佐證，但當中的內容因解釋不同也會有不同的意義。

就算殺死津田晃一的人是美世，她有辦法輕易地掩埋屍體嗎？雖然野本刑警認為她的共犯是死去孩子的「親生父親」，但這個男人的身分至今仍然不明。

還有關於美世想將過去做個了斷的說法，也只能說是一種假設。她想要拋棄「坂口美世」的身分開始全新的人生，就必須要脫離身邊所有的一切才行。只要有人聞出一絲「坂口美世」的味道，所有計劃便告失敗。她願意將自己的未來下注在如此危險的人生嗎？

「總之，」經過長時間的沉默之後，檢察官說，「我們繼續努力地去找出坂口美世吧。」

「找出？」刑警的語氣顯得不服。「不是逮捕嗎？反正都是要找，直接通緝她是殺人嫌犯，不是比較快？」

「我說找，指的是美世的屍體。確實到前天為止美世還活著，但是到了今天說不定會發生什麼事。」

「你所謂的什麼事是什麼事呢？」

「就是不知道，才說是什麼事啊。」

聽著兩人的交談，山岸事務官不禁笑了出來。檢察官受到影響也覺得可笑，最後連刑警也一起跟著放聲大笑。

「這可不是好笑的事，」野本刑警邊笑邊說，「是攸關生死的問題。」

9

千草檢察官的心中像是開了一個大洞，不管是坐在辦公室閱讀案件調查報告或是在法庭聽取判決書的朗讀，他都無法專心思考。文字或言語的意義總是突然就被心裡的空洞給吸收掉了。然後，檢察官的心思在那一瞬間便轉到了完全不同的方向，可能是牧民雄的日記，也可能是坂口秋男說過的隻字片語。有時候，在牧民雄住處聽到的濱岡定子的話語，也會成為難以抹滅的餘音不斷地在耳畔繚繞。

——民雄是被殺死的吧？

——兇手會被抓到嗎？

——如果那個人沒被判死刑的話，我就殺了他……

搜索坂口美世的行動已經正式展開，但她至今依然杳無音信。刑警已經依據牧民雄的日記，以美世現身的石神井公園為中心向四面八方搜尋，鄰近的各個警署也做好了安排。野本刑警提議「只要發現美世便將之逮捕」的意見雖然有些獨斷，但畢竟解決這個案子的關鍵掌握在美世手裡，這是難以動搖的事實。

只不過，美世的丈夫坂口秋男已正式申請協尋失蹤人口，而且警方手上也沒有足夠的證據將失蹤對象列為嫌犯通緝。更何況，公開美世的嫌疑對這一連串案件的偵查有正面助益還是反效果，也很難做出判斷。除非有事實證明她是單獨犯案，不然警方不能公開對案子的想法，以避免其他可能存在的兇手趁機藏匿或逃亡。檢察官十分迷惑，野本刑警似乎也能感受到他的迷惑。

「真是令人受不了。」

一天傍晚，野本刑警突然衝進地檢署辦公室，一臉不快地拉了張椅子坐到檢察官面前。

「怎麼了？」檢察官點了一根香菸問。

「就是那個高橋阿傳呀。」

「之後又發現什麼了嗎？」

「完全沒有。那女人已經不在東京都了，肯定是逃走了。為什麼不能進行公開搜索呢？漫無目的地在街上跑，只會消耗熱量和鞋底而已。」

「但是，沒有任何證據證明美世就是兇手。」

「牧民雄的日記不就是證據！他不是寫著在石神井公園見到美世時，她改變了裝扮。普通人走在路上是不需要變裝的。」

「可是，」檢察官說，「也許並沒有到變裝那麼誇張的程度吧？畢竟牧民雄立刻就認出她了。」

「當時美世正在和另外一個女人說話，牧民雄是聽見她的聲音才認出她來的，所以他才一下子就看穿美世的變裝了。」

「這就奇怪了。」

「什麼意思？」

「另一位女性為什麼沒有對美世的變裝起疑呢？根據牧民雄的日記記載，兩個人有說有笑地談得很熱絡，當對方在分手時約了下次再見，美世還回答說妳這個人根本靠不住，並答應再和她會面。在這樣的交談和情景中，實在看不出她處在像是殺了人、計劃逃亡或在躲藏中的緊張情緒。」

「說的也是。」刑警點頭說。「不然的話，你看這個說法怎麼樣？也就是坂口秋男和美世的半共犯說。」

「什麼意思？」

「事件一開始，坂口和美世的確是以共犯身分一起行動。但是在某個時間點之後，美世從共犯的立場變成了被害人，所以叫做半共犯說。這是總部一名年輕刑警提出來的，這種說法把千草先生和我的顏面都顧及了。」

「雖然不需要顧及什麼顏面，」檢察官苦笑著。「不過不妨可以聽聽看。」

「也就是說……」刑警做了以下的說明。

1、津田晃一以美世的姦情為把柄進行威脅，想勒索金錢。

2、美世剛開始答應了津田的要求付了錢，卻騙丈夫坂口說是為了尋找撞死小孩的兇手所需的資金。戴紅色安全帽的男人其實是美世編出來的虛擬人物，並非津田說出來的。

3、由於美世能夠自由運用的金錢有限，於是津田打算開始威脅坂口。對坂口而言，這個要求等於是侮辱，但他害怕事實被揭露，只好給錢。

4、威脅沒有止境，他決定殺死津田，同時要求美世幫忙，作為她不貞的代價。夫妻倆為了對付眼前的敵人而攜手合作。

5、美世聽從坂口的指示假裝被害，然後從別所消失。回東京後，在約好的地方等待丈夫的聯絡。

6、然而坂口並非真心原諒美世，一開始便打算殺了美世。他在等待下手的機會時，牧民雄竟然遇見了美世，美世便將此事告訴給坂口。

7、坂口必須封住牧民雄的嘴巴，於是在隔天給了牧民雄一瓶下了毒的可樂，同時將美世約到某處加以殺害。也就是說，當警方在調查牧民雄的死亡現場時，坂口正在殺死美世的現場。

8、美世的屍體應該被棄置了。此外，汽車失竊的報案，也是為了暗示警方該車是美世所開，之後美世已經自殺了。固然目前尚不知將汽車停放在香菸攤前的人是誰，但這個人應該不清楚坂口的計劃。

刑警說明完後，千草檢察官笑著說：「這個推論很有趣，不過我還是有兩、三個疑問。」

「是什麼？」

「津田晃一是在什麼時候、在哪裡被殺害的？這麼重要的說明卻疏忽了。」

「我認為是十六日，也就是美世失蹤當天的下午。牧民雄將棋盤送過去時，有人從廚房後面進來，那個人就是津田，美世肯定巧妙地讓對方喝下了下毒的威士忌。」

「屍體如何處理？」

「應該是藏在家中的某處吧，因為美世必須立刻出發到別所去。我認為將屍體運到秀峰寺掩埋的人是坂口。」

「那就怪了。」檢察官說。「當時美世曾對男人說今天不行，還加了一句『待會兒再來也一樣不行』，這是牧民雄聽見的。一個自己打算要殺害的男人，何必讓他回去呢？」

「我想那只是說給牧民雄聽的吧。」

「你們的想法很好，」檢察官笑著說。「但失蹤的美世打算用什麼藉口回家呢？」

「……………」

「既然假裝自己被害，她就不能回家了。因為從她回家的那一刻起，她就不能算是被害人了。而且她在別所的行動當然會遭到質問，她要如何回答呢？」

「……………」

「總之，這次的案子看來會拖很久。」

「我也是這麼想。」

檢察官笑了，「似乎在這一點上，我們的意見倒是一致。」

10

八月二日

那一天，千草檢察官出席了在世田谷靈泉閣飯店舉行的「柏木正美教授慶祝會」。千草檢察官在S大學曾接受過柏木正美教授的指導，教授在退休後仍埋首書堆，過著學者的生活。那一天，為了慶祝教授的七十大壽，大家便計劃舉辦慶祝會，檢察官的名字也列在發起人之中。

慶祝會快結束時，下了場難得一見的雷雨。在歡呼完三次老師萬歲後，檢察官走出了飯店，這時暮色已至，星空閃耀，時間將近八點半了。

不知道是因為有點醉了，還是舊友相聚的興奮還殘留著，檢察官心裡突然興起叫野本利三郎出來陪他喝幾杯的想法。然後，檢察官這才發覺自己正走在離刑警家不遠的路上。他對街道的名稱還有印象，趕緊拿出通訊錄確認。在兩人長久的往來中，檢察官從來沒有拜訪過野本刑警家，因為沒有必要。也因為刑警常來找他，所以就更沒有必要。

檢察官張大眼睛搜尋著酒館，要跟野本利三郎喝酒，當然非得日本酒不可。沒有提一大瓶清酒、哼著小調上他家的話，就太不像話了。不必先寒喧半天，一進門便坐下，對方會說你來了啊，然後就將一大瓶酒咚地一聲直接放在榻榻米上，就是這麼一回事，就這麼做。怎麼沒看到酒館呢？不是有首歌叫做路邊的酒館嗎？酒館都是在路邊的嗎？風好涼快。地上的積水映出了霓虹燈影，眼前就有一家小酒館。

一問起野本刑警的家，老闆就說是我們的老客戶。你先這麼走，再轉個彎……聽從老闆的指示，檢察官很快地便找到了刑警家。小巧可愛的兩層樓日式房屋，大門左邊有塊一尺見方、稱不上是庭院的空地。雨水洗刷過的八爪葉樹，在窗口流洩的燈光映照下閃著黑光。

「有人在家嗎？」檢察官出聲喊叫。

裡面的格子門打開了，野本刑警的太太跪在玄關的地板上應門。一起生活之後，夫妻的臉便會如此相像嗎？看起來人很親切的樣子，檢察官安心了。

「請問野本已經回來了嗎？」

「請問您哪裡找？」

「我是地檢署的千草……」

「哎呀，原來是檢察官……」刑警太太趕緊重新跪好。「平常承蒙您照顧了。」

「哪裡的話。野本呢？」

「是，他剛剛才回來，現在去澡堂洗澡。請進請進，他馬上就回來了。」

在刑警太太的邀請下，檢察官進入屋裡。走廊盡頭的三坪大客廳裡，放著電視和矮櫃，牆上掛著硬要檢察官寫的毛筆字，內容是刑警指定的「心如止水」。

刑警太太重新雙手扶地地打招呼：「歡迎您。」

檢察官趕緊將一大瓶酒放下來。

「我剛好到這附近，突然想跟野本喝一杯，就不請自來了，真是不好意思……」

「哪裡的話，我早就久仰檢察官的大名了。每次他一喝酒，不唱一遍檢察官百歲、我九十九的歌就不高興……」

檢察官不禁苦笑。

刑警太太端了果汁瓶和空杯子上來，然後說聲「我先失陪一下」，便消失在廚房裡，接著立刻聽到廚房的門打開，她快步跑出去的腳步聲。大概是去蔬菜店或是魚店吧。

二樓傳來孩子們說話的聲音，一個人在客廳的檢察官，只好盯著打開的電視看。不怎麼入流的電視廣告畫面上，一名操著東北口音的女人對著一群男人比手劃腳。

最近這些演員為了博觀眾一笑，經常說著不太標準的東北方言，讓檢察官十分反感。為什麼東北方言要被當成取笑的對象呢？感覺鄉土語言好像被侮辱了，實在叫人無法忍受。語言的口音是風土所產生的一種光榮的傳統遺產，每次看到那些不成氣候的演員用著糟糕的口音或方言譁眾取寵時，檢察官便覺得他們真是一點才藝都沒有，難道想不出其他搞笑的花招嗎？

檢察官打開公事包取出大型信封袋，牧民雄日記的影印就收在裡面。他已經讀過好幾遍了，但還是有空就拿出來翻閱，看看有沒有遺漏了什麼，或是會不會有什麼新的發現。

檢察官仔細看著影印過後難以辨認的文字。

三月十九日。

牧民雄這天第一次來到坂口家，受到臨時有事外宿的坂口所託，將買的東西送回他家，事情在玄關就辦完了。因為是下班後才去拜訪，所以時間應該是傍晚吧，當時並沒有特殊發現。

六月二十九日。

這是他第二次造訪。為了幫坂口拿忘在家裡的重要文件，他在上班時間前往，往返都搭計程車。

上面寫著一早起來右眼皮就疼痛，還腫了起來。牧民雄戴著眼罩到出版社上班……逐漸順著文字讀下去時，檢察官突然找到了耐人尋味的部分。

日記中提到了針眼的方言「目籠」。

可能是因為他剛剛才為電視中的東北方言生氣，因此對這個名詞產生了興趣。

牧民雄在栃木縣今市附近出生，「目籠」應該是當地的方言吧？藝苑社的課長聽到牧民雄說「目籠」，就說自己的老婆是長野縣人，那裡也將針眼說成「目籠」。

然而，檢察官感興趣的並不是這一點，而是穿著睡衣出來應門的美世，看到來訪的牧民雄時詢問他眼睛的狀況，然後牧民雄回答問題的場景。那一段交談，吸引了檢察官的注意。

——哎呀，你的眼睛怎麼了？

——長了「目籠」。

——那可不行，應該化膿了吧？

兩人的交談是這麼記錄的，這是雙方都理解何謂「目籠」才會有的對話。如果是檢察官聽到牧民雄這麼說，一定會反問「目籠」是什麼。長了「目籠」，那可不行。從這種交談的語氣來判斷，明顯可知美世對這個方言完全了解；而且很清楚「目籠」的症狀就是眼皮化膿。如果不知道「目籠」是什麼的話，她又如何知道牧民雄戴著眼罩的眼睛已經化膿了？

美世在橫濱土生土長，一向生活在東京。她是如何知道栃木縣、長野縣等鄉下地方的方言呢？

檢察官猛然想起長野縣上田警署的牧口刑警的來信，他信中提到出現在相染屋的女人應該對當地很熟悉。

出現在這幾個事件中的人物之中，跟長野縣有關係的——檢察官想到這裡不禁一驚。

白鳥千鶴！

之前造訪藝苑社時，檢察官曾問坂口有關千鶴的家人和交友狀況。

他先表示說自己並不清楚，卻又提道：「我只聽說她的老家在信州，哥哥經營一家大醫院。」

白鳥千鶴是出場人物中唯一出身長野縣的人！

廚房門開了，野本刑警的太太再度出現在客廳裡。

「真是不好意思，就這樣把客人丟在家裡。我是想出去買點小菜，這附近都是些小店，只怕沒有合您胃口的東西……」

「別忙著招呼我了，野本和我都是只要有酒就好的人……」檢察官說到這裡時，從樓梯上衝下來的小女孩跳進了客廳裡。她看見檢察官有點驚訝，點了一下頭之後問道：「阿姨，晚飯還沒好嗎？」

「這是什麼樣子，可子。看到客人怎麼沒有問好？」

小女孩臉上浮出害羞的笑容。

「不能因為媽媽不在家就不乖。」

檢察官大吃一驚。媽媽不在家？那麼，眼前這個女子不是野本刑警的太太？

「真是不好意思。」檢察官說。「我實在是太糊塗了，您是野本的……」

「我是他妹妹。因為嫂嫂的親戚家做法事，她從昨晚就在外面過夜，我被拜託來幫忙照顧家裡……」

「真是失禮了。我就覺得怎麼長得跟野本好像，卻沒注意到是他妹妹。」檢察官說著便笑了出來，然後笑容又立刻凍結在臉上。

這是自己頭一次來這個家造訪，所以很自然地便以為這個年紀的女性是野本刑警的太太。下次如果再來拜訪時，又是這個女性出現，我就會更深信不疑了吧？這就是人和場所連結所產生的必然錯覺。

如果有人利用了這種錯覺呢？

方言的問題！

錯覺的問題！

兩種想法都指向同一個方向：牧民雄日記中所寫的「夫人」，並非坂口美世。

而是白鳥千鶴！

牧民雄和千鶴交談，卻誤以為她是美世。因為他之前從來沒見過坂口美世，也沒有交談過。

這就是解決所有案件的唯一關鍵！

坂口秋男選擇妻子美世不在家的日子，叫白鳥千鶴過來，要她戴著跟美世一樣的眼鏡、梳著同樣的髮型。雖然容貌多少有些差異，但這不是問題，牧民雄打從一開始便認定對方是美世了。而且不知道美世長相的他，不可能有辦法比較或辨識。他在日記中會提到美世變裝，理由也因此清楚了。其實他看到的不是美世變裝後的樣子，而是白鳥千鶴本來的樣貌。

當然，偵查當局也直接接受了牧民雄的錯覺，沒有拿出美世的照片讓經常出入坂口家、跟部長夫人很熟的牧民雄確認。這就是坂口看準的一點。

11

千草檢察官的思考激烈地運轉著，一連串的想法如波濤般洶湧激盪。難以超越的空間阻隔，如今已不成問題。失蹤當天在坂口家和牧民雄說話的人是白鳥千鶴，美世肯定在這之前已經被殺了。坂口秋男當天的不在場證明，豈不成了單純的笑話了嗎？檢察官的推理超越了對於時間的思考障礙。

不過……檢察官心想，當時不是有個男人從廚房後面進來嗎？就算能騙過牧民雄，那個男人又該怎麼說？

還好這個疑問立刻有了解答。一切都是白鳥千鶴的演技，她大概是利用了錄音機吧。錄音帶裡事先錄好了敲門聲和年輕男人的說話聲。因為音量壓低了，所以聽不清說話的內容，因此就算錄下的是新聞報導或是天氣預報也無所謂。

千鶴一看見牧民雄就按下開關，二十分鐘後便會傳來敲門聲。這時她只要立刻站起來走到廚房去，對著錄音帶的「聲音」說話就好了。牧民雄沒有看見男人的身影，只聽見男人不清楚的聲音。千鶴說的那些話是為了擾亂搜查的方針，同時造成失蹤當天津田晃一出現過的印象。而告訴檢察官那個男人可能是津田的，正是坂口本人。

檢察官突然陷入沉默之中，野本刑警的妹妹不知道該如何是好，只能坐在一邊。檢察官要求說：「野本女士，能否馬上幫我叫野本回來呢？」

「是，我哥哥一向都有洗澡洗很久的壞習慣，真是不好意思。」

「請快點。喝酒可能要等下次了。」

「是。」

野本刑警的妹妹一副丈二金剛摸不著頭腦似地出門了。檢察官的思緒則又轉到了津田的謀殺案。

可是，這個問題有些麻煩。十五日晚上，津田離開「花束」時確實和千鶴一起搭上計程車。只是當車子停在澀谷大和莊前時，千鶴下車了，打開二樓窗戶的篠原太太只看見車裡有人罵了聲可惡後就揚長而去。

津田之後去了哪裡呢？這個案件的主角是坂口還是千鶴呢？還有殺人現場在哪裡呢？檢察官聽了津田的解剖結果，他被下的毒是砒霜，還驗出微量的安眠藥。安眠藥是在哪裡、為了什麼而服下的？又或者他是被人下藥的？

檢察官認為地點應該是在「花束」。千鶴在包廂裡對津田下了安眠藥，算準了津田的思考力逐漸模糊之際，提議到更好玩的地方去。津田欣然答應，並叫了部計程車——想到這裡，檢察官恍然大悟。那並不是計程車！

會不會是坂口秋男穿著司機制服、假裝成路邊候客的計程車，一等到千鶴的暗號便開了過來呢？

津田是「花束」的常客，幾乎每個晚上都會露臉。千鶴十五日晚上來到「花束」，一認出津田後便馬上打電話給坂口。坂口穿上事先準備好的服裝開車到「花束」附近，等待約好的時刻。不久兩人出現了，他將車子開近。千鶴說「我們搭那輛車吧」，因為酒醉、安眠藥而思考力薄弱的津田精神恍惚地招手鑽進車裡，千鶴只需要在車上勸他喝下摻了砒霜的果汁或威士忌就行了。所以，津田應該是在坂口的車裡遭到殺害的。

車子抵達了澀谷大和莊。千鶴留下屍體自行下車，對著二樓窗口呼喚篠原太太。看見窗戶一開，坂口立刻從車內大罵可惡，並直接將車開到了杉並的秀峰寺。

掩埋屍體的地點，應該事先就討論過了，挖掘洞穴的工具也準備齊全，只要解決脫下來的衣服便大功告成。而這時，白鳥千鶴則在大和莊的一室裡呼呼大睡。

坂口決心要殺死妻子時，首先便想到了津田晃一的存在吧。可說是學生流氓的津田，用來當作坂口作案的代罪羔羊，實在是最佳人選。而且如果他真的發現了美世的姦情，他活下來也是個禍患。不管怎麼說，津田的死是一開始便決定的，想必整個殺人計劃也設想得十分綿密。

那麼，這天晚上美世又如何了呢？大概坂口在出門前就已經先讓她服下安眠藥了。在完成殺害津田的計劃之前，必須讓她活著才行。

恐怕美世是在十六日的黎明被殺的，屍體暫時藏在家裡，然後坂口出門上班。到了下午，千鶴假裝成美世等待牧民雄的到訪。

牧民雄一回去，千鶴立刻趕往別所。之後就如牧口刑警的推理，那一夜十點過後，為了顯示美世還活著的事實，為了讓坂口有不在場證明，千鶴假扮成相染屋的房客。牧口刑警解開了留在現場的指紋之謎，作為道具用的相框玻璃和木板，無疑地是跟那件紅色襯衣一起包在布包裡，襯衣是用來暗示美世有男人（晃一）的道具。千鶴在走出相染屋之後，應該就完全回復成白鳥千鶴的模樣，另行投宿了其他旅館。而且在某個旅館的一室中，悠哉地觀賞搜索隊尋找美世下落的情況。

安靜的溫泉街，只有黑暗知道那一夜的真相是什麼……

美世的屍體應該是在坂口申請失蹤協尋前，便運到某處埋掉了。

牧民雄的死對他們而言，應該是計劃之外的不幸偶發事件吧。如果那天牧民雄沒有坐在石神井公園的長椅上，就不會招來殺身之禍了。

千鶴完全沒想到會在那樣的地方遇到牧民雄，可是她立刻將這個不幸的重逢通知了坂口。她要求牧民雄保守秘密到明天晚上時，其實心中早已決定要殺死他了。只是不知道摻了毒的可樂是坂口交給他的，還是千鶴。

美世所做的那些令警方疑惑的行動，如果換成以千鶴來思考，便十分容易解釋。從T銀行分行提領三十萬現金的人，肯定也是千鶴。她一開始就假扮成美世去開戶，三番兩次地去銀行露面。一如跟牧民雄的情形一樣，都是利用人們心理上的錯覺。由於坂口家從來沒和那家銀行來往過，所以不必擔心真的美世會上門。

隱藏的真相如今在檢察官的思考中逐漸顯現。

倒是野本刑警人在哪裡？

檢察官站了起來。必須立刻跟偵查總部聯絡才行。

玄關的門開了，野本刑警穿著浴衣的矮胖模樣出現了。

「真是嚇我一跳。洗個澡居然還有人來迎接我，究竟是怎麼回事？」

「快穿衣服！」檢察官說。「我們要出門，快點準備！」

「不是說要喝酒嗎？」

「要去哪裡？」

「趕快準備！」

「目黑區綠丘，白鳥千鶴住的地方。不對，在那之前先到我家一趟，我得先確認一件事。」

「千鶴怎麼了嗎？」

「她涉嫌殺害津田晃一、牧民雄及坂口美世，要去逮捕她。」

「太扯了，那個女人並沒有機會殺死津田呀。」

「理由我在車中再告訴你。對了，你知道千鶴的籍貫是哪裡嗎？」

「等我一下。」

刑警從掛在牆上的西裝上衣裡掏出警察手冊端詳。

「我想可能會有什麼幫助，所以抄下了小孩的《歌謠曲事典》中記載的資料。地址是長野縣佐久市岩村田町，佐久就是佐久間象山[註5]的佐久。」

「我知道了，立刻出門吧。」

「假如對方反抗呢？」

「那就緊急逮捕。」

「沒問題吧？」

「我用我檢察官的職位當賭注。」

「我知道了。」刑警立刻脫下浴衣。「你用職業下賭注，我就用生命作陪！」

刑警覺得熱血沸騰。那是一種喜悅，就是為了這一瞬間，野本刑警才會那麼自傲地作為檢察官的雙腳四處奔走。

註[5]日本明治維新時期的砲學家（1811-1864）。

「別忘了手銬。」檢察官這麼說時，已做好準備的野本刑警早衝到了門外。

12

兩人並肩走在馬路上。身材肥胖的野本刑警顯得比高瘦的檢察官動作要靈敏許多。

「電話在哪裡？」

「那裡。」

「你去叫車。」檢察官邊說邊走向紅色公用電話。

他撥號聯絡偵查總部。大川警部外出辦案。

「請警部立刻跟我聯絡。我要他以涉嫌殺人的罪行將藝苑社的坂口秋男逮捕，並帶回總部。沒有逮捕令，但可以用刑訴法第二百一十條規定進行緊急逮捕。我和野本刑警在綠丘的白光公寓。」

放回話筒時，刑警叫的計程車已打開門等著。

車子開了之後，檢察官才靠在野本刑警的耳邊說明他的推理。

白鳥千鶴在這個案件中扮演什麼樣的角色？

津田晃一是何時被殺害的？

牧民雄為什麼會被殺？

只聽到聲音的男人是利用什麼詭計安排的？

讓檢察官做出如此推理的方言、心理上的錯覺又是……

「可是，千草先生，」野本刑警一邊點頭聽著檢察官的說明，一邊提出疑問。「萬一坂口或千鶴否認的話怎麼辦？只是推理出他們的罪行，並無法證明他們真的犯罪呀。」

「你的意思是說，要有絕對性的證據？」

「沒錯，要有讓他們無法否認的致命一擊。」

「我想應該有。」

「在哪裡？」

「我們現在就是要去找出來。」

這時，檢察官的腦海中已清楚地描繪出野本刑警所謂的「致命一擊」。

關鍵證據有兩個。第一個是七月九日這個「日期」。根據牧民雄的日記，那一夜他在坂口家聽到有關比才和舒曼的事，可是對牧民雄提起這件事的「美世」，一定是白鳥千鶴。也就是說，美世那一夜不在自己家裡。只要調查她那天住在哪裡，並證明該事實，不就能粉碎千鶴一人身兼兩角的詭計了嗎？首先要打電話到美世娘家，調查她的交友關係和親戚資料。沿著這些線索，說不定就能找出她當晚住在哪裡。

第二個證據是「目籠」這個方言。千鶴的籍貫是長野縣佐久市，假如確定「目籠」是該地方特有的方言，也能佐證她一人身兼兩角的詭計。所以在逮捕千鶴之前，必須先翻閱家裡書房那本全國分類方言事典，予以確認才行。

「別所溫泉！」野本刑警突然開口說道。

「別所溫泉怎麼了？」
「就是相染屋呀，可以讓那個叫做志乃的女服務生跟千鶴見面。」
「說的也是。」檢察官點頭說。「只要她能證明那一晚的客人是千鶴，就有了第三個證據。」
「第三個？第一個證據是什麼？」
「這個嘛……」檢察官說到這裡時，車子已經停在家門口。
「你回來了呀。」出門迎接的檢察官妻子說。「剛剛坂口先生打電話給你。」
「什麼，坂口打電話來過？」
「而且還說了很奇怪的話。他說謝謝千草兄長久的照顧，他接下來要去遠方旅行了，所以來打聲招呼。」
「這……」
檢察官和刑警四目相對。
「還有，」檢察官的妻子說，「他說銀行裡的存款要全部轉送給牧民雄的家人，相關手續請你幫他處理，還要你多多保重身體。聽起來好像是一去不回的人在告別一樣。」
「糟了！」
「可惡！」刑警怒罵說。「這傢伙逃跑了！」
「不，逃亡需要錢，所以不可能將所有存款都送給牧民雄的家人。」
「你是說……」

「野本！」檢察官丟下一句話。「走，去千鶴住的地方，叫車！」

檢察官和刑警並肩跑向馬路。

13

在夜晚街頭高速奔馳的計程車一停在白光公寓前，刑警便跳了出來。

千草檢察官抬頭仰望著星空下成排窗戶燈火通明的華麗建築。

「她住二樓，走上去比較快！」刑警率先跨步前行。

二十三室。

檢察官敲了門，沒人回應。他扭動了一下門把，房門上了鎖。

「白鳥小姐！」刑警敲門大叫。

「白鳥小姐，我是藝苑社派來的，有事找妳……」

但就是沒人應聲。

「有點奇怪。」檢察官低語著。

無人回應的房間裡傳來幽靜的管絃樂聲，檢察官豎起了耳朵傾聽。

「是《悲愴》交響曲。」

「悲愴……？」

「柴可夫斯基的作品。跟你這個戲曲迷說這些根本沒用，就是描寫無法獲得救贖的悲傷……」

「無法獲得救贖的悲傷嗎？」刑警重複一遍這句話時，檢察官的眼神突然閃了一下。

「野本！」檢察官大叫。「快叫管理員過來，拿備用鑰匙開門！快呀！」

刑警衝下了樓梯。

管理員立刻就出現了，是一名瘦削、臉色不太好的男人。

「那就怪了，兩個小時前我才看見白鳥小姐站在陽台上……」

管理員打開門鎖，推開房門。電燈是關著的，音樂從黑暗的房間深處裡流瀉出來。

管理員打開電燈，豪華的客廳裡空無一人。

「那道門後面是什麼？」檢察官問。

「是寢室。」

「野本。」檢察官催促著刑警前進。

推開通往寢室的房門，房門沒有上鎖。管理員一打開電燈，三個人的嘴裡都發出了一聲驚叫。

房間中央的床鋪上，坂口秋男和白鳥千鶴擁抱著躺在一起。

「坂口！」檢察官開口喊叫，但床上的兩人動也不動。

「已經死了……」

刑警將手伸到坂口和千鶴的臉上，確認呼吸是否已經停止，並碰觸了一下臉頰。「還有溫度，看樣子是在二、三十分鐘前。」

這時，檢察官發現了放在床頭桌上的一張紙片。

哥哥，抱歉讓你看到我這副模樣。為了那件事，我終於還是受到了制裁。再見了，祝你幸福。

千鶴

「是遺書吧。」刑警探過頭來說。

「大概是吧。聽說她哥哥在信州經營一家醫院，不過上面說因為那件事受到制裁，不知道是怎麼回事？」

「沒有坂口的遺書嗎？」

「沒有。」檢察官說。「仔細想想，他也不像是會留下遺書的人。」

純白的床單上，相擁而眠的兩人服裝絲毫未亂，令檢察官有種奇妙的潔淨感。兩人似乎在靜靜地聆聽著《悲愴》沉重又憂戚的樂聲。

客廳裡的電話響了，檢察官拿起了話筒。

「我是地檢署的千草。」

「原來是千草先生。」是大川警部的聲音。「沒有找到坂口秋男的下落，只知道他去過神田的光仁堂醫院，他離開那裡後就不知去向了……」

「去醫院？為了什麼？」

「藝苑社的社長葉村洋四郎因為狹心症倒下了，聽說是在今天的傍晚。社長家就在光仁堂醫院附近，所以便送到那裡。坂口接到通知時，只聽他大喊一聲糟糕便衝出了家門，這是女佣人說的。於是我們也趕往醫院，社長已經身故了，但他的家人卻十分憤怒……」

「為什麼？」

「坂口趕到的時候，社長已經斷氣了。他竟然對著屍體吐口水，還說就是因為這傢伙才毀了他的一生。他多麼希望親手殺死他，說完又吐了屍體口水。其他人上前抱住他，他卻推開眾人衝出了病房，大家都說他是不是瘋了。聽說這個社長還是他們夫妻的介紹人。」

「沒錯，美世就是這個社長的親戚。」

「所以他們家人才會那麼生氣，還罵說連那棟房子、那塊地皮都送給了他們夫婦，簡直是忘恩負義，連畜生都不如。對了，千鶴那裡怎麼樣了？」

「兩個人都在這裡。」

「逮捕他們了嗎？」

「不，已經沒有必要了。」檢察官停頓了一下才接著說。「大川，坂口和千鶴已經死了……」

「自殺嗎？」

「是的。我們所追查的坂口浩一的親生父親就是那個葉村洋四郎。美世是葉村的秘書，住過葉村家，他們之間的姦情應該從那個時候就開始了。」

「所以說，坂口是娶了社長用過的女人囉？」

「這一段關係的代價，就是美世會得到那棟房子、土地，以及一個有前途的丈夫。而他們兩人的關係到婚後還是持續著。大概坂口在小孩車禍去世之前，都是真心愛著他的妻子和小孩的吧。我認識學生時代的坂口，他就是那樣的男人。當他知道自己真誠的愛被這群虛偽的人給欺騙了，可以想見他會多麼憤慨。」檢察官說到這裡時，停頓了下來。

「喂喂，怎麼了？」

「大川，你聽見了嗎？從屍體上流過的音樂……」

「總之，我馬上過去那裡。」

警部掛上電話後，檢察官仍在電話機前佇立了一段時間，傾聽著緩慢的樂曲。

對坂口秋男而言，他最後的目的就是殺死葉村洋四郎。對他的憎恨，是坂口活下來的唯一支柱。如今這個目標消失了，長期以來支撐他內心的東西也崩潰了。這樣的挫折逼他走上了絕路。

他沒有留下遺書，他的犯案和計劃都只能出現在檢察官的想像中。

千鶴寫給哥哥的那一段話，到底是什麼意思呢？——為了那件事，我終於還是受到了制裁……

「現在該怎麼辦？」野本刑警上前詢問。

「沒什麼怎麼辦，一切都結束了。」檢察官低頭看著自己的腳說道。

隔天，千草檢察官在地檢署的辦公室裡和千鶴上東京來的哥哥白鳥利秋見面。利秋端正白皙的臉上，滿是沉重的表情。

「我可憐的妹妹。千鶴從一開始就是背負著十字架出生的。」

「怎麼說？」

「千鶴和我是同父異母的兄妹，她媽媽是我父親老年迎娶的繼室。父親在千鶴十二歲那年過世，他一向很溺愛千鶴，千鶴也很黏著父親，就這樣度過了她的少女時期。父親過世後第三年，千鶴的媽媽也生病了，是胃癌。我是醫生，很清楚後母的死期將至。大概是在後母死前兩、三天吧，她說要叫千鶴到床前來，我走出病房去叫千鶴。過了不久便聽見病房內傳來千鶴的哭聲，我趕緊衝進裡面……」

「……」

「只見後母從被窩中掉出來，整個人斜倒在地板上，千鶴就站在旁邊。一看就知道是後母抓著千鶴，而千鶴推開了她。我問她們發生了什麼事，但千鶴只是大口地喘著氣沒有回答。衰弱的後母在幾分鐘後便斷氣了。」

「你妹妹為什麼做那種事？」

「幾天之後我才知道原因。千鶴並非我過世父親的小孩，後母曾背著父親跟某個男人私通過。」

「知道是哪個男人嗎？」

「不知道。但是後母知道自己的死期將至，想告訴千鶴她的父親是誰。後母一說出這事，千鶴便捂住耳朵。我妹妹堅持希望她是臨終之前始終相信愛妻、深愛女兒的父親所生的，她認為聽到那個男人的名字有辱死去父親的顏面。後母哀求著她，但千鶴就是捂著耳朵不肯聽，並打算離開。於是後母抱住她的身體，想把嘴巴靠近她的耳朵，告訴她那個名字。就在那一瞬間，千鶴用力推開了後母……檢察官，這就是遺書中提到的『那件事』。」

「原來如此。」檢察官點頭說：「因為有著這個陰暗的過去，才會讓她跟坂口秋男結合在一起吧。但是這卻是一段沒有結果的愛情……」

「我是醫生，所以後母的死可以用病故來處理。但是對一個十五歲的少女來說，畢竟是一個太大的衝擊。檢察官，千鶴可說是背負著十字架出生的，而且還決定為自己所背負的十字架的重擔復仇。無論是坂口美世還是葉村洋四郎，千鶴都不認識。千鶴的眼中只看到一直以來折磨著她的那個十字架……」

千草檢察官無言以對。只是相信躺在那張潔白的床上，在《悲愴》的包圍下死去的兩人並沒有發生肉體關係。因為結合他們的並非愛情，而是憎恨。

白鳥利秋將五十萬的支票放進寫著奠儀的信封袋裡，請事務官轉交給牧民雄的父親。當他低頭走出辦公室時，檢察官感到內心一片空白。

而這片空白，是無法填補的。

終曲。夕陽爲什麼是紅色的

少女佇立在晚霞中。

在那座小山丘上，雜草叢生、灌木交錯，巨大的老松伸展著扭曲盤繞的枝幹。風一吹，松籟就像是遠方的潮汐一樣沙沙作響。

這裡只有一個地方的雜草經過整理，並寂寞地豎立著粗劣的墓石和頹圮的墓碑。墓石爬滿了青苔，墓碑倒在饅頭型的土堆上，上面刻的文字已無法辨識。與其說是墓地，整個山丘看起來更像是座廢墟。

沐浴在夕陽中的少女，身影長長地投射在地上。一名男子踩著她的身影向她靠近，是牧英三。

「定子。」他呼喚著。「該回去了，趕不上最後一班公車就糟了。」

「還有一個小時。」少女看了一下手錶。「因為太安靜、太漂亮了，讓我都不想回去了。我在東京根本沒看過這麼美麗的夕陽。」

染成一片通紅的層積雲，像巨大的火焰一般，為西方的天空增添了光彩。從那裡灑落的微光粒子，飛舞在遠方人家的白牆上、鐵皮屋頂上、電視天線上，連草木都像是燃燒著一樣。一片火紅的景象。

「因為東京的天空都被污染了。」英三不滿地說。他其實很想說在東京根本看不到晚霞，那只是血的顏色。那個奪去獨生愛子生命的都市天空，怎麼可能看得見如此美麗的晚霞呢？

在離開東京的前一天，英三接受了野本刑警的來訪。野本告訴英三警方之所以識破白鳥千鶴和坂口秋男的罪行，最直接的原因是民雄在日記中提到的「目籠」。「目籠」不僅是栃木縣河內郡一帶的方言，也是一部份琦玉縣入間郡和長野縣佐久地區使用的說法。

七月九日晚上，已證實坂口美世應邀參加哥哥的生日晚宴，住在橫濱的娘家。那一晚在坂口家的美世並非本人，刑警表示這是最有力的鐵證，可是美世的屍體到現在還沒有找到。野本刑警說，目前尋找死者是我們的工作。當時英三聽了只是悶不吭聲。就算找到那個不貞女人的爛肉，如今又能怎麼樣？我們民雄也不會回來了。

如浪潮的松濤聲，吹過了山丘。

「會來不及的，定子。我們回去吧。」

「好，我就來。」

「妳能來我真的很高興，我們民雄一定也很欣慰……」

「可惜只有一個晚上，我沒辦法請更多的假了。不過我還會再來，不管是明年、後年，只要民雄的墳墓在這裡，我就一定會來……」

少女似乎並非對著站在身邊的英三說，而是對著全新的墓碑傾吐著。

「再見了，民雄。」

背對著夕陽，少女跨出了步伐，英三跟在身後。兩人長長的身影，像父女一般依偎著走下坡道。

文藝春秋一九六六年十二月號

解說

（文藝評論家）　大野由美子

土屋隆夫是一個以人工設計的謎題和解謎過程來充分滿足讀者的推理作家，同時也十分關注人類心理上的複雜性。

尤其是《不安的初啼》或《米樂的囚犯》，甚至是《聖惡女》之中，他寫作的重點都不是誰犯了什麼罪，而是「為什麼」會發生這種事。人類心理的不可捉摸是永遠無法描寫清楚的。只要探索土屋隆夫的寫作軌跡，就能看到一位不斷深入人性奧秘的作家身影。

《紅的組曲》是繼榮獲日本推理作家協會獎的《影子的告發》後，再度由千草檢察官和野本刑警挑大樑的長篇著作。另外一個不能遺忘的角色，就是隨時支援千草檢察官的山岸事務官。這位文靜、有能力的事務官在《盲目的烏鴉》中，一邊與千草檢察官繞著殺人案交談時，還能一邊思考該如何平息和老婆之間的爭吵，實在是個可愛的人物。

故事從某一天一個男人要求廣告代理公司在報上刊登「比才歸來吧。舒曼在等待」的廣告說起。要求刊登這則廣告的是出版社部長坂口秋男，他在學生時代曾任T大學箭術社的社長，過去與S大學箭術社幹事的千草檢察官經常在比賽中分庭抗禮。事實上，兩人在正月的某個結婚典禮上久別重逢，一個禮拜前還相約到酒吧聊天敘舊。

坂口來到千草檢察官的家中，訴說自己的妻子美世失蹤了。他曾試過透過報紙廣告跟妻子聯絡，但因為心中仍然十分不安，因而來拜託千草檢察官引介世田谷警署署長給他認識。他和美世在八年前結婚，去年唯一的兒子浩一被機車撞死，使得美世的精神狀況變得很不穩定。夫妻倆都喜歡音樂，美世在訂婚後以自己名字的諧音署名為比才寫信給坂口，坂口仿效其靈感也用自己名字秋男的諧音署名為舒曼來回應。也就是說，那則奇妙的廣告是只有妻子能懂的訊息。

之後，坂口用電話通知千草檢察官，說他在家中的衣櫥裡發現了一塊沾滿血跡的桌巾，上面還畫了三個血淋淋的「0」。另一方面，長野縣的別所溫泉出現了一位被認為是美世的女性，留下一個裝有紅色襯衣的布包消失無蹤。而在東京則發現了浩一被撞死時，人在現場的年輕男性目擊者的屍體。更驚人的是，從血型證實了浩一並非坂口秋男的親生子。究竟美世還活著嗎？出現在別所溫泉的女人會是美世嗎……。搜查行動陷入了五里霧中，新的悲劇卻又繼續發生，事件越來越撲朔迷離。

儘管土屋隆夫早期的小說非常重視理論性的解謎，但他的作品另一個特徵是，他很能發揮偵查人員人性中的一面，並展現他們長年從事這一行所培養的直覺。千草檢察官在《針的誘惑》中認定某人是兇手，其堅決的信念讓野本刑警都吃驚不已。在《危險的童話》中，木曾刑警對兇嫌本能的不信任始終支持著他辦案。甚至在《天國太遠了》中的久野刑警，他對乍見之下是自殺的年輕女性的死亡感到有些不太對勁，都是因為「不是來自理論，而是一種直覺，是長期的刑警生涯中所培養出來的感覺。絕對不是一種固執，而是難以割捨的堅持」。大部分情況都是從犯罪現場的不自然中產生的；儘管兇手的手法再巧妙，只要露出一點點的不自然，長年鍛鍊下來的直覺便不會輕易放過。

負責偵查的人必須從個別的現象找出方程式來，這時不單只是憑藉科學、理論性的分析，還必須加上人性中複雜的直覺，讓小說產生深層的效果。於是神經和鞋底逐漸耗損的男人們在幾度陷入迷途後，終於找到擊破兇手謊言的「致命關鍵」，理論性的思考也發揮了確實的成效。其契機可能是與妻子的一段話、可能是路人隨意的一句話或在咖啡廳與他人的交談，甚至是擦身而過的人身上的服裝。

大部分情況中，兇手會利用人們固有的成見。通常，大多數的人如果看到有人跟剛剛見到的人穿同樣的衣服，便為認為兩者是同一人；在車站月台上看到有人準備上車，就會認為對方是要搭火車前往某處。《紅的組曲》裡便充分運用了人們這種自以為是的錯覺。當檢察官從這種迷思中跳脫出來時，便為事件的解決找到了突破的缺口。

所謂的直覺，是在自然中嗅出不自然感覺的能力，但如果自然被偽裝得過於巧妙，相反地便很容易陷入兇手的詭計之中。解救之道在於從日常生活中不經意的某個光景或會話中發現觸媒，或是檢察官們突然改變觀點發現新的輔助線索時，讀者也才能在瞬間體驗到過去所描寫的光景已經產生了戲劇性的轉變。檢察官們在歷經幾度失敗之後，終於發現一條輔助線索，也因此找到了解答。

土屋隆夫的小說中充滿了推理與餘數、物證與直覺、還有理論與直覺等乍看之下完全相反的對立，有機地交織在一起。最後來個大反轉，呈現出炫爛的美麗。

從殺意跳躍到殺人，需要賭上性命，一旦超越該界線的人是無法走回頭路的，必得承受一般人所沒有受過的痛苦。就算司法當局偵查的手已經逼近，他們將進入其他人所未曾經驗過的領域，最後往往換來自身的死亡。甚至明知道賭上性命是徒勞無功的，有時只能啞然，有時則體驗到自己為了違逆命運而放手一博的行為，反而諷刺地讓自身陷入了命運的陷阱。這時，不僅要品嚐充滿悲劇的不合理命運，也要了解身為人類就必須接受這種不合理。這就是土屋的作品所要強烈傳達的訊息。

《紅的組曲》中有血染的「0」、紅色安全帽、紅色襯衣、還有紅色日記簿和鮮紅的晚霞等不斷重複的基調，令人印象深刻，並且還糾葛著親子之間的血緣關係。紅色是給人強烈印象的顏色，最容易與血產生聯想，也是很容易引發恐懼的顏色。因此希區考克在電影《艷賊》（*Marnie*）中成功地將紅色結合了血和恐懼兩大要素。《紅的組曲》的紅色不僅是繪畫式的展現，同時也流露出音樂性，成為喚起人們根本性恐懼的作品。

最後一幕的夕陽如鮮血般紅艷。空氣越是污濁，夕陽越呈現出令人不快的紅色，令人聯想到血。每個人都曾有過因為目睹異樣火紅的天空而感到害怕的經驗吧。那是將古代人們對血液恐懼的記憶，轉換成跟自身恐怖經驗共通的情感，也是這本小說最大的魅力。

紅、藍、黃，三大原色融合在一起便成了黑色。黑色會吞下所有色彩，也就是死亡的顏色。在人類生命盡頭張開口等著的，也是黑色。被那個黑色所迷惑而自行跳下的人，便是自殺者了。土屋隆夫在《川端康成的遺書》中，讓一名知道川端康成死亡真相的男人上場，展開了一齣復仇計。在《異說・輕井澤殉情》中則以有關有島武郎殉情的新資料發展成意外的結果。而在《盲目的烏鴉》中，一名答應為田中英光全集寫導讀的文藝評論家失蹤了，他的過去意外地浮上檯面。在《芥川龍之介的推理》中，則是讓警署偵查主任經由芥川龍之介的作品找到S市連續發生三起青少年男女自殺的理由與線索。自殺就算是留下遺書，還是存在著曖昧不明的部分，可說是留給人們最大、最後的謎題。

優秀的作家具有挖掘出沉潛在人心深處本質的能力。土屋隆夫認為芥川龍之介就是那樣的一名文學家，我認為土屋本人也具備有同樣的本質。

《夜的判決》寫出了人類窮奢極慾的諷刺結果；《繩子的證詞》則和《法官自我審判》一樣，描寫一名無辜父親被司法奪去生命，其女兒復仇的故事。從這兩部作品中可以發現，推理小說和懸疑小說在賦予讀者知性樂趣的同時，也描繪出人們痛苦、憎恨的終極形象。作品中出現的通常是以虛擬文字刻劃出人類不太外顯的極致部分。（編按：以上《芥川龍之介的推理》、《夜的判決》及《繩子的證詞》為原書收錄的短篇，但本書只收錄長篇）

二〇〇一年十月，土屋隆夫榮獲第五屆日本懸疑文學大獎，讓我們再一次認識了他偉大的存在。土屋系列今後將相繼推出《獻給妻子的犯罪》、《盲目的烏鴉》、《不安的初啼》等，相信每一本作品都能帶給讀者充實的閱讀時光。

本文作者簡介——大野由美子

一九六〇年生於日本福島縣。大學主修現代日本文學，畢業後任職於出版社，主要負責文藝書及實用書的編輯工作。退休後開始執筆出書，主要以推理懸疑及時代小說的評論及書評為主。

國家圖書館出版品預行編目資料

紅的組曲／土屋隆夫著；張秋明譯. -- 初版.
-- 臺北市：商周出版：家庭傳媒城邦分公司發行，民94
面；　公分. --（土屋隆夫推理小說作品集；5）
譯自：赤の組曲
ISBN 986-124-438-7（平裝）
861.57　　　　94011963

AKA NO KUMIKYOKU by Takao Tsuchiya

Original Japanese edition published by Kobunsha Publishers, Ltd.
Complex Chinese translation rights arranged with Kobunsha Publishers, Ltd.
through Japan Foreign-Rights Centre/Bardon-Chinese Media Agency

 ISBN 986-124-438-7

土屋隆夫 TSUCHIYA TAKAO 推理小說作品集 05

紅的組曲

原著書名／赤の組曲
原出版者／光文社
作者／土屋隆夫
翻譯／張秋明
總編輯／陳蕙慧
責任編輯／楊詠婷
發行人／何飛鵬
法律顧問／中天國際法律事務所　周奇杉律師
出版／商周出版
城邦文化事業股份有限公司
台北市中山區民生東路二段141號9樓
電話／(02) 2500-7008　傳真／(02) 2500-7759
E-mail／bwp.service@cite.com.tw
發行／英屬蓋曼群島商家庭傳媒股份有限公司城邦分公司
台北市中山區民生東路二段141號2樓
讀者服務專線／0800-020-299
24小時傳真服務／02-2517-0999
讀者服務信箱E-mail／cs@cite.com.tw
劃撥帳號／19833503　英屬蓋曼群島商家庭傳媒股份有限公司城邦分公司
香港發行所／城邦（香港）出版集團有限公司
香港灣仔軒尼詩道235號3樓
電話／(852) 25086231　傳真／(852) 25789337
馬新發行所／城邦（馬新）出版集團
Cite (M) Sdn. Bhd. (458372 U)
11, Jalan 30D/146, Desa Tasik, Sungai Besi,
57000 Kuala Lumpur, Malaysia
電話／603-9056 3833　傳真／603-9056 2833
E-mail／citekl@cite.com.tw
封面設計／聶永真
印刷／中原造像股份有限公司
排版／浩瀚電腦排版股份有限公司
總經銷／農學社
電話／(02) 29178022　傳真／(02) 29156275
□2005年（民94）8月初版
售價／260元　Printed in Taiwan